곰룡 판타지 장편 소설
FANTASY FRONTIER SPIRIT

Lord of Groksus

그락서스의 군주

그락서스의 군주 4

곰룡 판타지 장편 소설

초판 1쇄 찍은 날 § 2014년 1월 7일
초판 1쇄 펴낸 날 § 2014년 1월 14일

지은이 § 곰룡
펴낸이 § 서경석

편집부장 § 권태완
편집책임 § 박가연
디자인 § 이거일

펴낸곳 § 도서출판 청어람
등록번호 § 제1081-1-89호
등록일자 § 1999. 5. 31
어람번호 § 제1-1748호

주소 § 경기도 부천시 원미구 심곡2동 163-2 서경B/D 3F (우) 420-822
전화 § 032-656-4452 팩스 § 032-656-4453
http://www.chungeoram.com
E-mail § chungeorambook@daum.net

ⓒ 곰룡, 2013

ISBN 978-89-251-3656-1 04810
ISBN 978-89-251-3549-6 (세트)

Contents

CHAPTER
1

땅이 요동치고 하늘이 뒤집힌다. 그것이 바로 신들의 전쟁이다.
나는 그것을 직접 보았다.

—헛소리를 하는 마을 노인네

[лежать!!]

모드레드의 절규와도 같은 외침!

그와 함께 강렬한 빛의 기둥이 형성되었다.

화아아아악!

지금 이 자리에서 또 한 번 공간이 열린다!

쿠웅! 쿠웅!

공간 속에서 발걸음 소리가 울린다.

마침내!

번뜩이는 안광을 가진 거신이 세상으로 모습을 드러내었다.

찬란한 금과 은의 갑옷.

무너지는 세상을 막아낼 수 있는 방패.

세상을 부수어 버릴 수 있는 신의 철퇴.

붉은 깃털로 장식된 호화스러운 투구 속 안광이 번뜩이는 존재!

로물루스, 그의 등장이다.

[Давно не виделись, Moderatus]

로물루스가 입을 열었다.

그것은 신족의 언어. 인간은 이해할 수 없는 언어. 그렇지만 아이란은 뜻을 알 수 있었다.

'오랜만이로군, 모드레드.'

[Чертиоберн… Ромул!]

'빌어먹을… 로물루스!'

[후후, 너무 기쁜 나머지 계약자가 있는 것을 깜빡했군.]

로물루스가 피식 웃으며 이 세계의 언어로 말했다.

[로물루스, 대체 네가 어떻게!]

모드레드가 고함쳤다. 그의 쇠를 긁는 듯한 목소리에서 당황하는 감정이 생생하게 느껴졌다.

[반역자여, 그대에게 철퇴를 내리러 왔음이다.]

로물루스의 말. 그에 모드레드는 입을 다문다.

[순순히 영겁의 벌을 받아들이도록 하라.]

그 순간!

[Ромул!!]

고함과 함께 모드레드가 로물루스에게 달려들었다.

콰아아아아아아앙!

파멸의 철퇴가 공간을 부수며 내려쳐졌다. 그것을 신의 철퇴는 정반대, 올려치는 것으로 막아냈다.

굉음.

고막이 터져 버릴 것 같은 천붕의 소리. 그러나 그것이 끝이 아니었다.

콰우우우우우우우우우우우!!

포효!

모드레드의 입에서 짐승과 같은 포효가 울려 퍼졌다.

콰아아아앙! 콰아아아앙! 콰아아아앙!

달려드는 모드레드. 막아내는 로물루스!

인세(人世)의 싸움이 아니다.

신(神). 그야말로 거신(巨神)들의 싸움이다!

그것은 인간이 끼어들 수 있는 레벨이 아니었다. 그리고 인간은, 지금 인간이 할 일이 있었다.

"아이란 그락서스!!"

사르돈 로드리게즈!

그가 양손에 빛의 검을 쥔 채 달려든다.

황금빛 하이어 리히트로 구성된 칼날이 시릴 듯한 냉기를 동반한 채 아이란을 베어오고 있다!

아이란은 재빨리 자신의 검에 어둠의 리히트를 담아 막아 냈다.

콰아앙!

저 인외(人外)의 존재들에 비할 바는 아니지만, 아이란과 사르돈의 전투 역시 굉장했다.

서로 물러섬 없이 상대의 살을 베고 뼈를 자를 일념으로 진행되는 공방!

조금이라도 힘의 배분을 실수하거나 눈을 깜빡이는 정도 만으로도 승부가 날 대격전!

스아아아악!

서로의 살기가 유형화가 되었다.

살기는 각자의 검에 담겨 상대를 압박하고 검날을 더욱 세웠다.

그 격전의 순간에서 아이란은 집중하고 또 집중했다.

사르돈의 호흡을.

숨이 들어가고 숨이 나오는 그 타이밍을!

그가 검을 휘두를 때의 몸짓, 눈짓, 근육의 움직임!

사르돈에 대한 모든 것에 집중하고 또 집중했다.

아이란의 오감을 넘어 육감에 달한 감각은 그 모든 것을 단

한 순간도 놓치지 않았다.

스아아악!

사르돈의 검이 아이란을 쪼갤 듯 내려쳐졌다.

이 틈이다!

아이란이 한 걸음 내디뎠다. 검을 휘두를 시간이 없다! 어둠에 휩싸인 아이란의 주먹이 초승달을 그리며 그대로 사르돈의 명치를 후려쳤다.

퍼어억!

사르돈의 모든 것을 파고들어 날린, 처음으로 제대로 된 유효타!

살과 근육과 핏줄을 타고 뇌리까지 전해지는 타격감!

'제대로 들어갔다!'

아이란은 그것을 느꼈다!

"아이라아아안!"

눈이 뒤집힌 사르돈이 괴성을 지르며 양손에 쥐었던 리히트를 순식간에 양 주먹에 두르고 휘두른다.

그에 아이란은 재빨리 두 다리를 튕겨 대지를 박차 물러섰다.

그렇지만 저 미쳐 버린 놈은 순식간에 그것을 따라잡는다. 그리고 이어지는 저돌적인 몸통 박치기!

그의 전신이 흉기로 변해 탄환이 되었다.

찰나의 순간, 아이란의 두 눈에 고심이 서렸다.

이건 물러서는 정도로 피할 수 없다. 그렇다고 막아낼 수도 없다.

그에 선택한 것은 하나!

타타타탁!

아이란은 땅바닥을 굴러 사르돈의 몸통 박치기를 피해냈다. 그리곤 재빨리 튕겨 일어서 사르돈을 향해 검을 휘둘렀다.

"크어어어!"

이번에도 터진 유효타!

그의 검에 사르돈의 등짝에 거대한 상처가 생겼다.

푸화아아악!

공기 중으로 피가 터져 나왔다. 그렇지만 사르돈은 쓰러지지 않았다.

"아이라아아아안!!"

그의 손이 아이란을 향한다.

생성되는 광탄!

그것은 빗방울처럼 아이란에게 쏘아졌다.

티티티티티티티티티티티티티팅!

그것을 아이란은 손에 쥔 펜리르의 송곳니로 튕겨냈다.

모든 것을 튕겨낼 수 없어 몸에 그대로 처박히는 광탄 역시 많았다.

그러나 그것은 전체로 볼 때 소수.

절대 다수는 튕겨냈다!

"큭!"

그렇지만 그 소수만으로도 아이란의 몸은 만신창이가 되었다.

심장에 자리한 불사진기가 체내에서 순환하며 상처를 회복시키고, 마신강림에 의해 지금 이 순간에도 오로라를 흡수, 회복하고 있지만 데미지가 너무 강하며 오로라의 소모 역시 심했다.

하지만,

'이겨내야 한다!'

여기서 쓰러질 시 그에게 남은 것은 죽음!

이 처절한 시련을, 지옥을 이겨내야 한다. 절대 쓰러져선 안 된다!

"으아아아아아아!"

아이란이 고함을 지르며 사르돈에게 달려들었다.

콰지지지지지지직!

그의 검에서 튀고 있는 암뢰!

끝내야 한다.

앞으로 검을 휘두를 수 있는 기회가 몇 번 남지 않았다.

그 기회 안에 끝내야 한다.

콰앙!

혼신을 넘어 전생의 힘까지 쏟아부은 것과 같은 일격, 일격!

첫 번째 일격으로 사르돈의 오른손을 튕겨내었고.

두 번째 일격으로 사르돈의 왼손을 튕겨내었다.

그리고 마지막 일격!

다시 한 번 사르돈의 심장에 쑤셔 박았다.

"커어어어어억!"

사르돈의 입에서 피가 터졌다.

"젠, 젠자아아아앙……."

그의 동공이 돌아왔다.

사르돈이 자신의 심장을 쑤셔 박고 있는 검날을 부여잡았다.

"이, 이럴 수는 없어……."

자신의 심장에 박힌 이 칼날을 인정하지 못하는 사르돈의 읊조림.

그 모습을 보며 아이란은 속으로 안도의 한숨을 내쉬었다.

부활한 사르돈은 후유증인지 동작 등에 어색함이 있었다. 물론 여전히 그는 강력했다. 그의 양손에 쥐어진 리히트는 전율이 일 정도이다. 하지만 그 어색함이 틈을 만들었다. 이러한 전투에선 그 잠깐의 틈으로 인해 결과가 결정되는 법.

홀로 상대해야 하는 아이란에겐 황금과도 같은 기회였다.

그 점에 파고들어 아이란은 결국 그의 심장에 칼을 꽂을 수 있었다.

"나는 왕, 그라나니아의 왕이 되어야 할……"

사르돈의 눈에서 빛이 꺼지고, 목소리마저 희미해졌다. 이제 이 사내가 죽음을 맞이할 순간이다.

그때였다!

콰아아아앙!

아이란과 사르돈의 옆으로 무언가가 쓰러졌다.

아이란은 사르돈의 심장에서 검을 뽑아 회수하며 뒤로 물러서 상황을 살폈다.

그리고 두 눈에 들어오는 것은 쓰러져 있는 거대한 청동의 거인!

"모드레드!"

그렇다. 모드레드.

사르돈이 소환한 모드레드가 쓰러져 있었다.

쿵! 쿵!

아이란의 등 뒤로 승자 로물루스가 다가와 섰다.

[이제 삶과 작별 인사를 하도록, 모드레드여.]

로물루스의 말에 사르돈은 그 안광을 더욱 형형히 빛낸다.

[이럴 수는 없다! 이럴 수는 없어! 내가 어떻게 살아왔을진 대! 고향에서 도망쳐 나오고 내가 어떻게 살아왔는데!]

분노, 억울함, 당황, 슬픔 등이 총망라된 모드레드의 음성.

[그것은 네가 지은 죄. 억울해할 필요 없다.]

냉정한 로물루스의 말에 모드레드는 비명을 질렀다.

[젠자아아아아아아아앙!!]

[이만 삶을 끝내주마, 모드레드.]

마지막 일격을 날릴 준비를 하는 로물루스. 그에 모드레드 는 포효, 괴성, 그 무엇이라 불러야 할지 모를 소리를 내뿜었 다.

[이렇게 죽을 수는 없다!!]

그와 함께 그의 손이 옆에 쓰러져 있는 사르돈을 붙잡았다.

심장이 꿰뚫렸지만 아직 그 질긴 목숨이 살아 있는 사르돈.

"모, 모드레······."

콰직!

뿌드득! 뿌드득!

무어라 말을 하려는 사르돈. 그러나 모드레드는 그대로 사 르돈을 입에 집어넣고 씹었다.

사르돈은 비명조차 지르지 못하고 모드레드의 이빨에 의 해 갈기갈기 다져지고 찢겼다.

그 모습에 아이란은 물론 로물루스조차 놀라 움직임을 멈추었을 정도. 그리고 그것은 치명적인 실수였다.

[크아아아아아아아!!]

모드레드의 몸에서 검붉은빛의 광채가 뿜어져 나왔다.

그 광채는 기세의 광채.

모드레드의 몸은 순식간에 회복되었으며, 느껴지는 힘은
온전한 몸으로 처음 등장했을 때보다 족히 배 이상은 강했다.

그리고 마침내.

검붉은빛의 광채는 사라졌다. 대신 모드레드의 몸이 검붉
은색으로 물들어 있었다.

[Ромул!!!!]

괴성과 함께 검붉은, 마치 혜성과도 같은 빠르기의 주먹이
로물루스를 두들긴다.

로물루스는 재빨리 방패를 들어 막았으나!

콰직!

신의 방패라고 해도 과언이 아닐 방패가 주먹 자국 그대로
우그러들었다.

쿠우우우우!

콰아아아아앙!

이어지는 모드레드의 주먹질. 우그러든 방패가 산산이 터
져 나갔다.

그 후는 그야말로 터짐의 향연.

로물루스가 들고 있던 철퇴가 터져 나갔으며, 갑옷마저 터져 나갔다.

그리고 마침내.

쿠우우우웅!

명치를 정확히 맞은 로물루스가 아이란의 옆에 쓰러졌다.

모드레드는 그 로물루스의 몸에 발을 올려 잘근잘근 짓밟았다.

[겨우, 겨우 이 정도냐, 로물루스! 겨우 이 정도로 내가, 차원의 충돌을 일으키게 했단 말이냐!]

모드레드의 괴성. 분명 승리하고 있는 그였지만, 그 괴성에선 패배감이 느껴졌다.

그것은 그가 힘을 얻은 과정의 특수성 때문이다.

모드레드는 콜로서스이자 거신으로 불리는 이로 스스로를 신족이라 부르는 존재이다.

신족은 다른 차원의 존재로 본디 이 차원의 존재가 아니다.

그리고 조금 전의 사르돈.

그는 이 차원의 존재.

다른 차원의 존재와 다른 차원의 존재가 강제적으로 하나가 되면 어떻게 될까?

그것은 차원의 간섭, 충돌을 일으킨다.

차원끼리의 충돌인만큼 그 과정에선 막대한 힘의 파장이

발생하는데, 모드레드는 일부러 충돌을 일으키고 그 힘의 파장의 일부를 흡수한 것이다.

그리고 그 대가는…….

[로물루스!! 네놈 때문에 나는, 나는! 영혼까지 소멸하게 되었다! 로물루스!! 네놈, 네놈을 죽이고 네놈의 계약자를 씹어 먹어 이 공간을 소멸시켜 버리겠다!]

대가는 소멸.

그렇기에 승리가 승리가 아니었다. 패배였다.

쾅! 쾅!

모드레드는 분노에 이성을 잃어 로물루스를 사정없이 짓밟았다.

그러했기에 모드레드는 보지 못했다.

로물루스의 손이 천천히 아이란을 향해 가고 있는 것을.

[계약자여.]

아이란의 마음속에 파장이 퍼졌다.

그것은 로물루스의 의지. 의지가 아이란에게 말을 걸고 있었다.

[내 손을 맞잡아다오. 나와 함께 싸워다오.]

'함께 싸우다니?'

[나와 하나가 되어 모드레드와 싸워다오.]

'하나? 조금 전 사르돈처럼 그대에게 잡아먹히라는 것인가?'

[아니. 이것은 조금 전 모드레드가 행한 강제적인 충돌과는 다르다. 그대와 내가 행할 것은 상호의 동의에 의해 컨트롤할 수 있을 정도로만 충돌을 일으켜 힘을 얻는 방법이다.]

로물루스의 간절한 말.

그렇지만 아이란은 망설여졌다. 조금 전 끔찍하게 잡아먹히던 사르돈이 잊히지 않았다.

[서둘러라. 어서 모드레드를 쓰러뜨리지 않는다면 적어도 이 왕국이 존재하는 땅은 모조리 소멸될 것이다.]

'......!'

[그만큼 차원의 충돌은 무서운 것. 어서 나의 손을 잡아라, 계약자여, 아이란이여!]

아이란의 눈에 결연한 빛이 감돌았다. 아이란은 어느새 자신의 눈앞까지 다가온 로물루스의 거대한 손을 맞잡았다.

화아아아아아악!

그리고 맞잡은 아이란과 사르돈의 손에서 빛의 기둥이 솟구쳤다.

*   *   *

'여, 여긴?'

아이란이 눈 뜬 곳은 아무것도 없는 검은 공간이었다. 주변을 둘러보았지만 보이는 것은 아무것도 없었다.

그 순간.

[정신이 드는가?]

'로물루스!'

그의 음성이 아이란의 가슴속에 파장처럼 퍼졌다.

'이곳은 어디지?'

아무것도 없다. 땅도, 하늘도, 그 무엇도 없는 어둠만이 존재하는 공간.

[이곳은 신족의 세계와 그대 세계의 틈. 차원이 부딪치고 있는 곳이지.]

'그게 무슨 뜻이지?'

그 순간, 아이란의 머릿속으로 한 지식이 파고들었다.

두 차원의 존재가 하나가 되고, 그 과정에서 일어나는 차원의 충돌.

모드레드가 사르돈을 잡아먹은 이유.

그 막대한 힘과 함께 치러야 할 대가.

'대체……!'

[이제 알겠나?]

'대체……!'

아이란은 모드레드가 얼마나 터무니없는 짓을 저질렀는지 알 수 있었다.

[그렇다면 그것을 막아야 된다는 것도 알겠군.]

'당연한 소리!'

[그럼 잘 부탁한다, 계약자여!]

슈우우우!

아무것도 없는 공허한 어둠이 순식간에 뒤바뀌었다.

뒤바뀐 공간은 아무것도 없는 것 같은 새하얀 순백의 공간이었다. 그러나 그것이 끝이 아니다.

아이란의 눈앞에 그의 애검이자 계약의 증표인 펜리르의 송곳니가 바닥에 꽂혀 있는 모습이 펼쳐져 있었다.

그의 눈앞에 공간이 열리고 영상이 비추어졌다.

'......!'

비추어지는 영상은 익숙했다.

아이란 그 자신이 방금 전까지 있었던 곳이니까.

조금 전까지만 해도 검을 든 자신이 저곳에서 적과 싸웠다.

영상 속에선 검붉은 모드레드가 땅바닥에서 일어서고 있었다.

[차원의 틈에서 이곳을 유지하기 위해 내 자신의 정신을 온전히 이곳에 집중해야 한다. 그렇기에 이제 전투는 네게 맡기겠다. 잘 부탁한다, 계약자. 아니, 아이란 그락서스! 검을 잡아라!]

검을 쥐는 아이란!

그의 전신에 감각이 느껴졌다. 생경한 감각. 그렇지만 아이란은 순식간에 익숙해졌다.

그것은 거신의 감각이었다.

*   *   *

그의 눈앞에 모드레드가 서 있었다.

[크윽! 로물루스!]

눈앞의 모드레드가 로물루스, 아니, 아이란에게 외쳤다.

[죽여 버리겠다! 로물루스!!]

검붉은 마신과 같은 모드레드가 아이란에게 달려들었다.

쿵! 쿵!

대지를 울리며 순식간에 다가와 그 힘과 무게를 실은 주먹을 날리는 모드레드!

거신 로물루스의 몸을 가진 아이란은 그 검붉은 손을 발로 차냈다. 그리곤 곧바로 몸을 한 바퀴 돌림과 동시에 돌려 차기!

[컥!]

모드레드의 몸이 붕 떠 바닥을 굴렀다.

자신도 모르게 반응을 한 아이란.

시선을 내려 자신의 두 손을 바라보았다.

분명 자신의 손을 움직였지만, 움직이는 것은 인간의 손이 아닌 은은한 황금빛으로 빛나는 손.

모드레드가 사르돈을 잡아먹고 검붉은 빛깔로 변했듯 이 몸 역시 바뀐 듯했다.

그러나 느긋이 바라보고 있을 수만은 없다.

재빨리 몸을 일으킨 모드레드가 다시 달려들었다.

저돌적인, 마치 코뿔소와 같은 모습.

오라!

받아주마!

단단한 어깨로 아이란을 향해 몸통 박치기를 날리는 모드레드!

아이란은 두 팔을 뻗어 모드레드를 맞았다.

콰앙!

충돌음이다. 그러나 그것은 아이란과 모드레드가 충돌하여 생긴 굉음이 아니었다.

모드레드가 땅바닥과 충돌하여 생긴 소리!

모드레드의 몸통 박치기가 작렬하기 직전, 아이란의 손바닥이 모드레드의 힘을 역이용해 고스란히 담아 그를 날려 버린 것이다.

[크윽!]

모드레드는 그 후에도 몇 번을 달려들었으나 아이란은 고스란히 그것을 막아낼 뿐 아니라 반격까지 성공시켰다.

가진 힘 자체는 모드레드 쪽이 우월했지만 아이란에겐 기술이 있었다.

아이란이 주로 사용하는 무기가 검이기는 하지만 체술 역시 수준급.

인간과 신족의 대결이라면 한계를 초월하지 않는 한 짓밟혀 버릴 인간이지만, 신족의 육신을 가진 인간은 신족과 대등, 아니, 압도하고 있었다.

결국 모드레드는 저돌적으로 달려드는 것을 포기했다.

그의 손에 검붉은빛이 모여들었다.

빛이 뭉치고 뭉쳐 하나의 형상을 이루었다.

그것은 철퇴. 파멸의 철퇴가 재등장했다.

체술로도 상대할 수 있지만, 무기에는 무기로 답하는 것.

아이란은 리히트를 움직이듯 체내에 넘치는 힘을 손으로 옮겼다. 그러자 아이란의 손에서도 황금빛 빛이 뭉쳐 형상을 이루었다.

그것은 검!

펜리르의 송곳니와 똑같이 생긴 황금빛의 검이 만들어졌다.

철퇴와 검.

이제 한층 더 강렬한 결전이 될 것이다.

콰콰콰콰콰!

공기를 가르는 수준이 아니다. 공간을 가르며 철퇴가 낙하한다.

아이란은 재빨리 피했다. 아니, 피하는 정도가 아니다.

'지금이라면!'

지금이라면!

슈욱!

퍼어어엉!

거대한 공간의 공기가 모조리 사라지고, 그 진공을 채우기 위해 다시금 거대한 양의 공기가 이동, 그 와중에 폭발이 일어난다.

진공폭!

비천공무보의 진공폭이 작렬했다.

[크아아아아아아아!!]

분명 막대한 타격을 입었을 것이건만, 진공폭에 아랑곳하지 않고 모드레드의 철퇴는 아이란을 향한다.

퍼어어어엉!

퍼어어어어어어엉!

퍼어어어어어어어어엉!

넘칠 정도의 힘을 가진 지금이라면 얼마든지 사용할 수 있다.

진공폭의 연타!

그와 동시에 유성폭비행을 사용, 가속을 이용한 탐서충각!

거신의 무게와 속도, 유성폭비행으로 인한 가속, 그리고 탐서충각의 찌르기!

그러나.

"크롸라라라라라라라라라!!"

모드레드의 입에서 터져 나오는 포효!

그것에 담긴 힘은 철퇴와 같이 아이란을 후려쳤다.

[컥!]

파죽지세로 뻗어나가던 아이란의 기세가 꺾이고 땅에 처박혔다.

그렇지만 세월아 네월아 처박혀 있을 수만은 없기에 재빨리 일어섰다.

모드레드의 공격은 계속되고 있었으니까.

"크롸라라라라라라라라라!!"

다시 한 번 포효!

재빨리 비천공무보를 사용해 피하는 아이란.

그가 모습을 드러낸 곳은 모드레드의 바로 옆이었다.

아이란의 발이 매섭게 회전하며 이번에도 돌려 차기가 작렬했다.

그러나 바닥을 뒹굴어야 할 모드레드가 멀쩡히 서 있다. 또한 아이란 역시 돌려 차는 자세 그대로 멈춰 있다.

끼이익!

모드레드의 손에 아이란의 발이 잡혀 있다. 아이란은 그의 손에서 벗어나려 했으나 여의치 않았다.

콰직!

그의 손아귀에서 느껴지는 가공할 압력에 아이란의 발이, 거신의 발이 찌그러지고 있다.

어서 벗어나야 한다.

다급해지는 아이란. 안간힘을 써보았지만 벗어날 수가 없었다. 그렇지만 세상은 힘으로만 사는 것은 아니다.

화아아악!

아이란의 왼손에서 만들어진 빛의 검이 그의 발을 잡고 있는 모드레드의 손을 베려는 순간.

콰직!

그 손마저 모드레드에게 잡히고 말았다.

절체절명(絶體絶命).

상황만 보자면 아이란에게 절대 불리하다. 그렇지만 아이란은 아직 희망을 버리지 않았다.

그에겐 아직 하나의 손이 더 있다.

오른발이 들려 있기에 약간의 제약은 있지만 오른손이 남아 있다.

왼손의 빛의 검이 소멸하고, 그와 동시에 오른손에 빛의 검이 재생성된다.

그대로 모드레드의 얼굴을 벤다.

그것에 위기감을 느낀 모드레드가 재빨리 양손을 놓고 얼굴을 가드하며 뒤로 물러섰다.

스아아아아아아악!

검이 모드레드를 베었다.

그러나 방어를 하며 물러나는 중이라 얕게 들어갔다.

'젠장!'

아까운 기회였다.

몇 번의 공방을 더 치렀다.

그럼에도 아무런 성과가 없었다.

무한할 것 같던 힘도 공방을 거치며 줄어들고 있는 것이 여실히 느껴졌다.

그에 비해 모드레드는 여전히 쌩쌩했다.

무언가 수를 써야 한다.

저 무한한 힘을 자랑하는 괴물을 쓰러뜨릴 수 있는 수를.

아이란이 가지고 있는 힘 중 최강의 위력을 자랑하는 것을 발휘해야 했다.

그리고 그것은.

'천절!'

생각이 미친 아이란은 거리를 벌렸다.

모드레드가 따라붙으려 했지만, 유성폭비행으로 거리를 벌리는 것에 성공했다.

그리고 양손으로 검을 쥐어 천천히, 아주 천천히 내려친다.

그에 달려오던 모드레드가 덫에 걸린 듯 멈추었다.

신마혼우정!

공간과 함께 상대를 태산과 같은 압력으로 사방에서 짓눌러 터뜨려 버리는 신마혼우정!

부르르르르!

모드레드의 몸이 사정없이 떨렸다.

쩌쩌쩌쩌쩡!

공간이 파열할 정도.

그러나 모드레드는 멀쩡했다.

신마혼우정으론 그를 잡아두는 정도밖에 되지 않았다. 그러나 처음부터 이것을 노렸던 것.

아이란이 검을 놓았다. 그로 인해 신마혼우정은 바로 해제될 터이지만 잠깐의 틈은 있었다.

그 틈.

그것을 노린다.

아이란이 양손을 좌우로 펼쳤다.

그의 왼손에는 홍염(紅炎)의 구(毬)가, 오른손에는 빙백(氷白)의 구(毬)가 생성되었다.

암뢰와 같은 천절 중 악염(惡炎)과 마빙(魔氷)이다.

아이란은 두 천절을 그대로 모드레드에게 날리지 않았다.

그는 양손을 자신의 가슴 앞으로 가져가 천절을 겹쳤다.

파지지지지직!!

악염과 마빙이 뒤섞이며 반발했다.

금방이라도 폭발할 것 같다. 아이란의 육체에, 거신의 육체에도 부담이 갈 정도로 엄청난 반발력이 육신을 타고 정신까지 전해지고 있다.

그렇지만 견뎌야 한다.

이것.

이것만이 저 괴물을 쓰러뜨릴 수 있는 힘.

만일 저 괴물을 쓰러뜨리지 못한다면, 소멸시키지 않는다면, 저 괴물은 이 땅을 저승길 동무로 삼을 것이다.

파지지지지지지직!

마침내 반발력이 최대로 올랐을 때.

그때가 힘이 최고조로 달했을 때!

아이란은 그대로 손을 내뻗었다.

바로 모드레드를 향해.

파아아아아아아아아아아!!

악염과 마빙이 섞인 힘이 모드레드에게 쏘아졌다.

그리고 적중했다.

[Ромул!!]

모드레드가 비명을 질렀다.

그의 몸이 떨어져 나가며 소멸하고 있었다.

[Ромул!!]

모드레드가 처절한 괴성을 지르며 아이란을 향해 손을 뻗었다.

파사사사삭!

그러나 그 손마저 부수어지고 소멸했다.

[Ромул!!]

마지막으로 포효를 내지르는 모드레드.

그의 존재가 사라졌다.

CHAPTER
2

전쟁에서 2등을 위한 자리는 없다.

In war, there is no second place.

—오마르 넬슨 브래들리(Omar Nelson Bradley)

모드레드가 소멸하고, 대지에는 오직 로물루스만이 홀로
서 있었다.

슈욱!

로물루스의 몸이 사라지고 그 자리에 아이란이 나타났다.

펜리르의 송곳니를 들고 있는 아이란.

털썩.

다리에 힘이 풀려 무릎을 꿇었다. 검을 바닥에 꽂아 지팡이
로 사용한 덕분이다. 검이 없었더라면 얼굴로 땅바닥을 쓸었
을 것이다.

"이겼다……."

열리지 않는 입을 겨우 여는 아이란.

자신이 승리했다는 것을, 지지 않았다는 것을 확인하고 싶었기 때문이다.

[수고 많았다.]

"로물루스."

[생각 이상이었다, 아이란. 너에게 진심 어린 경의를 표한다.]

무어라 답하려 했지만 입이 열리지 않았다.

앞이 흐릿흐릿하다.

[더 이야기를 나누고 싶지만 나도 계약자도 무리인 것 같군. 후일 내 쪽에서 먼저 연락하겠다.]

'아아…….'

털썩.

그 말을 끝으로 아이란은 쓰러졌다.

*　　　*　　　*

"크윽!"

전신이 욱신거린다. 쑤시지 않는 곳이 없다.

머리부터 발끝까지 꿈틀거리기만 해도 아프다. 그렇지만

발론 자작은 참아냈다.

손에 힘을 주어 땅을 짚고 발에도 힘을 불어 넣었다. 그리고 마침내 그는 두 다리로 일어설 수 있었다.

그리곤 보았다.

"대, 대체……."

인간을 초월했다는 엘더 마구스들이 마법을 난사하며 날뛴다면 이렇게 될까?

지금 그의 안구에 비치는 광경은 그야말로 처참 그 자체였다.

땅거죽이 남아난 곳이 없었다. 곳곳이 파이고 터지고 긁히고, 마치 거인들이 날뛴 것 같았다.

그때, 발론 자작의 눈에 띄는 사람 하나.

꽂혀 있는 검 옆에 사람이 쓰러져 있었다.

"백작 각하!"

그의 주인 아이란 그락서스였다. 발론 자작은 아픔도 잊고 달렸다.

"괜찮으십니까, 백작 각하!"

몸을 흔들어보았지만 의식이 없다.

다행히 의식은 없지만 심장은 뛰고 있었다. 발론 자작은 아이란의 몸을 가지런히 정리한 후 다른 이들을 살폈다. 다행히 모두 살아 있었다.

그들은 잠시 후 정신을 차릴 수 있었다.

그락서스의 기사는 전부 살아남아 발론 자작 옆에 모였다.

유리엘의 부하인 미녀들은 셋이 죽고 넷이 살았다. 그녀들은 각자 유리엘과 동료들의 시신을 수습했다.

데인 매서크가 데려온 사형수의 개들은 주인과 같이 전부 살아남지 못했다.

시신을 수습한 미녀들은 발론 자작 쪽으론 신경도 쓰지 않은 채 이 자리를 벗어나려 했다.

그때.

"쿨럭……!"

누군가의 입에서 피가 섞인 기침이 터져 나왔다.

"크으으……!"

신음을 흘리는 이 남자.

바로 유리엘이었다.

"잠시만… 멈춰봐……."

금방이라도 숨이 넘어갈 것 같은 목소리. 그는 곧 미녀들에게 아이란의 옆으로 자신을 데려달라고 하였다.

처처척!

다가오는 그녀들을 향해 기사들이 검을 겨누었다.

함께 싸운 동료라 하나 백작이 위급한 지금 그 누구라도 믿을 수 없거니와 사소한 것 하나라도 주의해야 했다.

"발론… 이랬나."

그녀들에게 부축 받고 있는 유리엘이 입을 열었다.

"맞소."

"네 주인에게 전해. 난 고향으로 돌아가… 차나 기르며 살겠다고."

못 전할 것이 없기에, 죽어가는 유리엘의 말을 차마 거절할 수 없는 발론 자작은 고개를 끄덕였다.

"쿨럭!"

유리엘의 입에서 다시 기침이 나왔다. 그의 입에서 피거품이 인다.

그렇지만 유리엘은 말을 계속 이었다.

"깃털은 걱정하지 말라고 그래. 사르돈이 죽은 이상 다 죽었을 테니까……."

그 말을 끝으로 유리엘은 다시 의식을 잃었다.

그 후 그들은 떠나갔고, 자리엔 그락서스의 사람들만이 남게 되었다.

"우리도 돌아가자. 시체들을 수습해 구덩이에 넣고 불을 질러라."

이런 처참한 현장을 본 사람들이 가만히 있을 리가 없다.

될 수 있는 한 흔적을 숨겨야 했다.

몇몇이 시체를 수습해 구덩이에 넣고 불을 질렀다. 다른 이들은 그락서스의 흔적이 될 만한 것을 모두 회수했다.

"세 명은 남아 시체의 소각이 끝나면 구덩이를 묻고 오도록."

발론 자작이 아이란을 안았다.

*   *   *

"으음……."

머리가 깨질 듯한 두통이 미간을 찌푸리게 한다. 게다가 그것만이 끝이 아니라서 온몸이 부서질 것 같은 고통은 찌푸림을 더 짙게 만들어주었다.

전신이 불쾌를 돋우는 상황.

이대로 고통을 잊고 잠에 빠지고 싶었다. 꿈속에서 전쟁을 하더라도 단 몇 초라도 고통에서 이탈하고 싶었으니까.

그러던 순간!

아이란의 눈이 번쩍 뜨이며 몸을 일으켰다.

'이곳이 어디지?'

번갯불이 번쩍이듯 머릿속에서 과거의 기억이 번뜩였다.

사르돈 로드리게즈.

모드레드.

로물루스.

승리.

"크윽!"

갑작스레 움직여서 그런지 두통이 심해졌다.

그와 함께 생각도 뒤죽박죽, 기억까지 섞이고 있다.

한참 후.

겨우 꼬여가던 생각과 기억을 풀고 진정시킨 아이란은 그제야 주변을 둘러볼 여유를 갖게 되었다.

익숙하디 익숙한 방이다.

그락서스의 성은 아니지만 이곳 역시 자신의 집.

수도 저택에 위치한 자신의 침실이었다.

아이란의 기억은 로물루스와의 대화, 후일 로물루스 쪽에서 먼저 연락하겠다는 말을 마지막으로 의식이 끊겼다.

자신이 이곳에 있다는 것은 누군가 자신을 이곳으로 옮겼다는 의미.

'아마 발론 자작이겠지.'

그와 기사들밖에는 옮길 이가 없다.

아이란은 두통이 이는 이마를 부여잡고 침대 옆 탁자에 손을 가져다 댔다.

몇 번을 더듬은 끝에 잡은 종을 울리는 아이란.

곧바로 문이 열리며 칼과 제라드가 들어왔다.

"깨어나셨군요."

"모든 이가 많이 걱정했습니다."

들어오자마자 걱정부터 날리는 둘. 당연하다면 당연한 행동이지만, 소리가 울려 오히려 더욱 상태를 심각하게 한다.

아이란은 이마를 부여잡으며 말을 하지 말라고 손을 흔들었다.

그에 둘은 입을 꾹 다물었다.

"물……."

그에 칼이 재빨리 탁자 위에 올려 있는 주전자에서 물을 따라 건네주었다.

입술을 축일 정도로만 마신 후 물 잔을 칼에게 다시 건네었다.

"발론… 발론 자작은……?"

쇳소리처럼 갈라지는 아이란의 목소리.

"발론 자작님께서는 어제 완전히 회복되셨습니다."

"어제……?"

"예. 백작 각하께서 쓰러지신 지 오늘로 일주일이 되셨습니다."

일주일.

그 정도로 엉망이 된 몸을 회복한 기간치고는 조금 짧다.

"수도의 신관께서 매일같이 저택을 방문해 치료를 맡아주셨습니다."

신관이라.

"디바인 스트림(Devine Stream:神聖力)인가."

디바인 스트림은 열두 신의 신관이 사용하는 힘.

기사의 포스 탱크와 같이 신에 대한 믿음에 의해 디바인 플레이스(Devine place)라 불리는 곳에 깃드는 오로라를 말했다.

이 디바인 스트림을 사용할 줄 아는 신관들을 달리 몽크(Monk: 수도사)라고 불렀다.

여담으로 몽크는 세속의 직위에 따라 나뉘지만, 믿음의 발현인 디바인 스트림에는 벨라토르나 마구스와 같은 랭크가 없었다.

그렇기에 수도사들의 경지는 제로 랭크(Zero Rank)라고 칭했다.

어쨌든 그 힘과 불사성체가 합쳐져 아이란은 일주일 만에 회복한 것이다.

"한번 보고 싶군."

"정말 굉장했습니다."

그락서스엔 제대로 된 신관이 없었다.

그라나니아 왕국 자체가 대륙에서 떨어진 섬. 교구 자체가 협소한데다 그락서스는 그 섬에서도 북쪽 끝, 대륙에서 보자면 촌구석 중 촌구석이다.

제대로 된 신관을 보내는 것보단 제대로 되지 않은 신관을 보낼 가능성이 더 높은 곳이다.

실제로 그락서스 영지의 대신관은 허울만 대신관일 뿐 실제 능력은 없으면서 재물만을 밝히는 탐욕스런 돼지였다.

"그 신관은 믿을 수 있는 자인가?"

아이란의 상태가 여기저기 퍼져봤자 좋을 것은 하나도 없었다.

"예. 백작 각하의 치료 전에 함구 맹세부터 했습니다."

신에게 비밀을 지키겠음을 고하는 함구의 맹세. 그것을 행한 신관이라면 어느 정도 믿어도 좋다.

혹 어긴다 하더라도 신께 거짓을 고한 죄로 낙인이 찍히게 될 것이다.

낙인이 찍힌 자는 신용이 바닥에 떨어질 정도로 좋지 않다. 밀로 빵을 만든다 해도 믿지 않을 정도.

"다행이군. 꼭 한번 만나보고 싶어."

"오늘은 이미 다녀갔지만 내일 역시 방문할 예정입니다."

제라드의 말에 아이란은 고개를 끄덕이고 입을 열었다.

"발론 자작은 지금 어디 있지?"

"예. 자작님의 방에서 회복 중이십니다. 몸은 다 회복되었지만 아무래도 정신적인 안정을……."

"불러주게."

"예."

방을 나간 칼은 얼마 후 발론 자작과 같이 방에 들어섰다.

"백작 각하를 뵙습니다. 몸은 괜찮으십니까?"

"아아, 그러는 자작은 괜찮은가? 휘하 기사들은?"

"걱정해 주신 덕분에 멀쩡합니다. 휘하 기사 역시 모두 회복되었습니다."

"다행이군."

"백작 각하 덕분입니다."

인사는 이 정도면 되었다.

이제 본론으로 들어가야 할 때.

아이란이 제라드와 칼에게 눈짓을 보냈다. 눈치가 빠른 둘답게 그들은 아이란에게 인사를 하고 방을 나갔다.

저 둘을 꼭 내보내지 않아도 되지만, 나중에 생각이 정리되고 제대로 말하고 싶었다.

"자작."

아이란이 목소리를 낮추었다.

"예."

덩달아 발론 자작 역시 목소리를 낮춘다.

"자작이 상황을 정리했나?"

"예."

"어떻게 처리했지? 아니, 처음부터 말해보게."

아이란의 물음에 발론 자작은 잠시 생각하더니 이야기를 시작했다.

"제가 깨어난 직후 본 것은 마치 거인이 날뛴 것 같은 처참한 대지였습니다."

뜨끔하는 아이란. 어쨌든 발론 자작의 설명은 계속되었다.

"그리고 주변을 둘러보다 백작 각하께서 쓰러진 모습을 발견, 즉시 달려갔습니다. 백작 각하의 의식을 확인해 보았지만 정신을 잃고 계셨지요. 그사이 다른 기사들도 깨어났고, 같이 작전에 참여했던 여인들 역시 깨어나 그들의 주인과 함께 자리에서 떠났습니다. 그 후 저는 사망자들의 시신을 모아 소각하고 땅에 묻으란 지시를 내리고 백작 각하를 보호하여 저택에 돌아와 의식을 잃었습니다."

여인이라면 유리엘의 부하들.

유리엘의 시신을 수습해 간 것인가.

"아, 그러고 보니 가장 중요한 것을 말하지 않았습니다."

"무엇이지?"

"유리엘, 그는 살아 있었습니다."

"……!"

분명 사르돈과 함께 심장을 찔렀는데?

살아 있었단 말인가?

"그는 '네 주인에게 전해. 난 고향으로 돌아가… 차나 기르며 살겠다고', '깃털은 걱정하지 말라고 그래. 사르돈이 죽은 이상 다 죽었을 테니까' 란 말을 남기고 떠나갔습니다."

고향으로 돌아간다는 것은 맥나타니아 왕국으로 돌아간다는 것인가?

차나 기른다는 말은…….

"정말 좋은 차, 메달 오브 노블. 정말 오랜만이야."

"어머님께서 제일 좋아하시는 차였지."

유리엘과 차를 마셨을 때가 생각난다.

아마 어머님이 가장 좋아하셨다는 그 차를 기르겠지.

아이란은 그의 운둔 생활이 잘되길 기원했다.

그건 그렇고, 제일 중요한 것은 다음이다.

'사르돈이 죽은 이상, 깃털은 다 죽는다고?

그게 무슨 말일까?

사르돈이 죽은 이상 깃털이 다 죽는다니.

그때 그의 눈앞에 발론 자작이 보였다. 그리고 그를 보는 순간 떠올랐다.

사르돈이 죽은 이상 깃털도 다 죽는다는 말의 의미가.

사르돈은 분명 스피릿츄얼 오리진을 익혔다.

스피릿츄얼 오리진은 무공.

발론 자작이 익히고 있는 옥황수신공(玉皇隨身功)과 같은 무공을 깃털들에게 퍼뜨렸을 수도 있다. 그 자신은 옥황평천공(玉皇平天功)과 비슷한 무공을 익히고 있고.

옥황평천공에도 본인이 사망 시 연결되어 있는 옥황수신공을 익힌 이들의 공력을 폭주시켜 사망케 하는 수법이 존재했다.

그렇게 생각한다면 깃털이 다 죽는다는 것도 이해할 수 있다.

'그렇다면 유리엘은 왜 죽지 않았지?'

왜 유리엘은 죽지 않았을까?

깃털이 죽을 정도이면 분신이라고 할 수 있는 유리엘은 필사(必死)여야 하지 않나?

그때, 아이란은 자신이 유리엘을 찔렀던 것을 떠올렸다.

분명 그때 유리엘은 치명상을 입었다. 그 치명상을 입으면서 유리엘의 포스 탱크 등이 충격으로 깨졌다면?

그로 인해 스피릿츄얼 오리진을 상실했다면?

사르돈의 죽음으로 연결된 수법에서 벗어날 수도 있었다.

아마 이 생각이 맞을 것이다.

'그렇다면 유리엘은 힘을 완전히 잃었겠군.'

이것으로 어느 정도 안심이다.

사실 아이란으로서 유리엘은 완전히 믿기 어려운 존재였다.

아이란이 그의 형제를 죽였으니까.

언제 복수를 외치고 달려들어도 이상하지 않을 정도.

유리엘이 만약 힘을 잃었다면 그 복수의 위험도가 상당히 줄어든다고 볼 수 있었다.

"다른 점은 없나?"

"예."

"수고했네. 이만 쉬도록 하게."

"알겠습니다."

발론 자작이 방에서 나가고 아이란만이 홀로 남았다.

고요만이 자리한 이곳에서 그는 떠올렸다.

사르돈 로드리게즈란 강대한 적에 맞서 싸웠던 그 순간을.

그의 손에서 빛나는 광탄.

압도적인 그의 힘에 속수무책이었던 자신.

마침내 유리엘의 희생으로 사르돈을 쓰러뜨리던 순간, 그리고 그것이 시작에 불과했다는 사실.

등장한 파멸의 거신 모드레드.

그리고 그에 맞선 로물루스.

모드레드의 패배와 그의 극단적인 선택.

그것을 막아낸 아이란과 로물루스의 합일.

그것은 전율이었다.

무엇이든 할 수 있을 것 같았던 그 절대적인 감각.

넘치는 힘은 가히 일만의 군대처럼 여겨졌다.

그 힘이라면 전쟁에서도 큰 힘이 될…….

아이란의 표정이 딱딱하게 굳었다.

'과연 거신을 전쟁에 동원하면 어떻게 될까?'

사람은 본능적으로 자신과 다른 것을 배척한다.

거신은 누가 보더라도 인간의 힘이 아니다.

인외(人外)의 힘.

그런데 과연 전쟁터에 거신이 등장한다면?

거신의 등장으로 승리를 쟁취한다면?

그것을 지켜보는 사람들의 반응은?

사람이라는 것은 단순하지 않다. 그저 손쉽게 승리했다고 환호성을 지르지 않는다.

전투라는 것은, 전쟁이라는 것의 가치는 손실이다. 치열한 전투 중 쓰러지는 아군이 있어야 한다.

아무리 큰 승리라도 어느 정도 손실을 갖추어야 한다. 그렇기에 큰 승리가 의미가 있는 것이다.

만일 거신이 등장하고 그것이 아군의 되어 적진을 쓸어버려 승리한다고 가정했을 때, 그것을 지켜보는 감정은 어떠할까?

승리한 쪽도 승리를 한 것이 아니게 될 것이다.

승리를 기뻐하는 것이 아닌 패배한 쪽을 동정할 것이다.

그것은 공포이며 수수께끼이자 연민 등, 수많은 감정의 집합체.

거신은 영웅이 되지 않는다.

아이란 역시 영웅이 되지 않는다.

저주의 대상이 될 뿐.

그렇기에 아이란은 결심했다.

'절대 전쟁에선 거신을 동원하지 않는다.'

로물루스가 등장할 때는 아이란이 위험하거나 거신이 적으로 등장했을 때뿐.

인간들끼리의 전쟁에선 절대 거신을 소환하지 않기로 결심하고 또 결심했다.

*　　　*　　　*

아이란이 깨어난 지 삼 일.

그는 저택을 찾은 아르낙스에게 이끌려 어딘가로 향했다.

드르륵, 드르륵.

마차가 달리고 있는 길. 그 끝에는 왕성이 있었다.

"몸은 좀 괜찮아?"

아르낙스가 아이란의 상태를 걱정했다.

이것은 별다른 문제가 없었다. 순수하게 자신을 걱정해 주는 것이니까.

다만…….

"몇 번을 묻는 겁니까?"

저택에서 지금까지 족히 열 번도 넘게 물었기에 아이란은 슬슬 짜증이 올라왔다.

"그야 형으로서 동생이 걱정되니까."

"이것이 마지막이길 바랍니다."

"알았어…….."

아이란이 아르낙스에게서 시선을 돌려 창밖을 바라보았다.

"근데… 진짜 괜찮아?"

"……."

"아, 정말 걱정돼서 그래."

"그렇게 걱정되면 왜 끌고 나온 겁니까?"

"일 왕자께서도 네가 아프다고 하니까 걱정을 많이 하셨거든. 다 나았으니 걱정해 주신 분을 찾아가는 것이 도리 아니겠어?"

아이란이 일주일간 누워 있던 것은 병이 걸려 아팠던 것으로 소문이 났다.

그락서스의 백작이 누군가와 전투를 벌여 초죽음이 되어 돌아왔다는 걸 숨겨야 하는 칼과 제라드가 손을 쓴 것이다.

"괜찮습니다."

"알았어, 알았어. 뭐, 네 걱정 외에도 다른 볼일이 있으니까 부른 거야."

"뭡니까?"

"넌 이제 곧 네 영지로 내려가야 하잖아. 그때를 위한 것이지."

그때를 위한 것이 무엇인지 궁금했지만 어차피 잠시 후에 알 수 있다.

아이란은 창밖의 풍경을 관람했다.

"근데 이상하네. 국장이 끝나자마자 동생은 병을 앓고, 귀족원장은 실종되고, 뮤톤 백작가의 집사와 몇몇 귀족이 죽고. 온갖 일이 일어나고 있어."

사르돈의 이야기가 나왔지만, 아이란은 아무런 반응도 보이지 않았다.

그저 풍경만을 계속 바라볼 뿐이다.

잠시 후 마차는 왕성의 문을 통과했고, 둘은 일 왕자의 궁 앞에서 내렸다.

"환영합니다, 마샬 공작 각하, 그락서스 백작 각하."

일 왕자의 시종이 둘을 맞았다.

그들은 그대로 왕자의 정원으로 안내되었다.

"음? 선객이 있군."

정원 안에선 일 왕자뿐 아니라 다른 사람의 목소리도 들렸다.

아름다운 여자의 목소리.

마치 악기를 연주하는 것과 같은 기분 좋은 울림을 가진 목소리다.

아이란은 이 목소리의 주인공을 알고 있다. 직접적인 대면은 없었지만 몇 번 보았기에.

"세실 왕녀님이군."

헤벌쭉한 미소를 지으며 아르낙스가 말했다.

"허튼 생각 하지 않은 것이 좋을 겁니다."

"흡! 내가 뭘!"

깜짝 놀라는 아르낙스다.

"본인이 잘 알 거라 믿습니다."

"……."

그의 입이 꽉 다물어졌다.

"마샬 공작 각하와 그락서스 공작 각하께서 오셨습니다."

그사이 시종이 그들이 도착했음을 알렸다.

"오! 어서 들어오라 하게."

"예."

아이란과 아르낙스가 들어섰다.

데이비드가 두 팔을 벌리며 그들을 환영했다. 그렇지만 그들의 시선은 그에게 가 있지 않았다.

"어서 오세요."

처음 보는 느낌은 일단 빛이 난다는 것이다.

그녀, 황금의 공주 세실 그라나니아에게서 마치 후광이 비추는 것 같았다.

그녀의 입술에 맺힌 잔잔한 미소가 너무나 아름다웠다.

"오랜만에 뵙습니다."

"오랜만에 뵙습니다."

아이란과 아르낙스가 왕자와 공주에게 인사를 올렸다.

"이거이거, 공작의 시선은 한곳에서 떨어지지를 않는군요."

데이비드가 아르낙스를 놀리듯 하자, 그 뻔뻔한 아르낙스의 얼굴이 살짝 붉어졌다.

이 뻔뻔한 인간의 반응에 아이란은 살짝 놀랐다.

"허! 이거 참 놀랄 일이로군. 공작이 그리 부끄러워하다니. 그러한 모습은 처음 봅니다."

놀란 것은 아이란뿐이 아니었나 보다.

"어쨌든 어서 이리 앉으세요. 차나 한잔합시다."

아이란은 재빨리 데이비드의 옆에 앉았다.

"……."

그에 자연 아르낙스는 세실 옆에 앉을 수밖에 없게 되었다.

"뭐 합니까, 어서 앉지 않고?"

짓궂은 미소를 지은 데이비드가 그를 재촉했다.

결국 아르낙스는 세실 옆에 앉았다.

"하하, 참으로 잘 어울리는 한 쌍이지 않습니까, 백작?"

데이비드가 피식 웃으며 아이란의 옆구리를 팔꿈치로 툭툭 찔렀다.

실제로도 그러했기에 아이란은 고개를 끄덕였다. 그러는 한편 의구심도 생긴다.

'일 왕자와 일 왕녀는 대체 무슨 관계인 것인가?'

그냥 아무런 선입견 없이 본다면 둘은 사이가 좋은 남매이다.

좋은 남매라는 것이 나쁘다는 것은 아니다.

그러나 현실은 복잡했다.

그들은 아버지는 같지만 어머니는 다른 배다른 남매이다.

이것만이라면 어떻게든 넘어갈 수 있다.

그렇지만 그들은 왕위를 사이에 둔 경쟁자.

같은 배에서 나온 이들도 서로의 심장에 칼을 꽂게 만드는 것이 왕위, 권력이다.

과연 이들은 무슨 관계일까?

그냥 보이는 그대로 사이가 좋은 관계인 것일까?

아니면 혹…….

'일 왕녀가 일 왕자를 지원하는 것일 수도 있겠지.'

그라나니아는 여왕이 즉위 가능한 국가.

그러나 실제 역사 속에서 여왕이 즉위한 것은 단 몇 차례뿐이다.

실제 즉위한 여왕이 온전한 왕의 힘을 발휘했냐면 그 역시 아니다.

여왕을 인정치 못해 반란 사건이 일어난 적도 있었다.

일 왕녀 파벌이 일 왕자 파벌과 하나가 된다면?

과거의 예를 생각해 볼 때 충분히 가능성 있는 이야기이다.

일 왕자는 이 왕자와의 경쟁에서 승리하고 그라나니아의 왕으로 등극할 것이다.

그리고 자신을 도와준 일 왕녀 파벌을 잊지 않겠지.

그 과정에서 일 왕자 파벌의 중추인 아르낙스와 일 왕녀가 잘 맺어진다면 그것보다 좋은 일은 없을 것이다.

혼인이란 확실한 것이니까.

'그런데 그러다 아르낙스가 일 왕녀 파벌로 가면 어떻게 되는 거지?

그렇게 되면 일 왕자는…….

'생각하기도 싫군.'

그야말로 수프를 끓여놓으니 다른 놈이 스푼을 처넣은 상황.

아이란이 그런 생각을 하고 있는 동안 셋의 대화, 아니, 둘의 대화는 화기애애하게 이루어지고 있다.

그것을 아르낙스는 묵묵히 듣고만 있었다.

잠시 후 세실이 자신의 궁으로 돌아가자, 아르낙스는 한숨을 내쉬었다.

"그렇게 좋습니까?"

아이란의 물음에 아르낙스는 고개를 끄덕인다.

"이거이거, 위험한걸. 마샬 공작, 홀라당 저를 버리고 세실에게 가는 것 아닙니까?"

장난스러운 미소를 짓는 데이비드.

"공과 사를 구분할 줄은 압니다."

"그런 얼굴로 그렇게 말해봤자 설득력이 없다고."

붉어진 얼굴은 그 말에 신빙성을 주기 어려웠다.

"그, 그것은 오해……."

"그것은 넘어가고, 왕자께서 저를 부르셨다고 들었습니다만?"

아이란이 아르낙스의 말을 끊었다. 결국 아르낙스는 항변할 기회를 잃게 되었다.

"예. 이제 곧 영지로 내려가신다구요?"

"맞습니다. 다음 주 중으로 내려갈까 생각하고 있습니다."

아이란의 대답에 아르낙스는 손바닥을 한 번 짝 쳤다. 그러자 시종장이 조심스레 들고 오는 상자 하나.

상자는 곧바로 아이란에게 전달되었다.

"열어보세요."

아이란이 상자를 열어보자, 주먹 두 개를 합친 것 같은 수정구가 나왔다.

"이것은······."

본 적이 있는 물건이다.

한 쌍으로 만들어진 수정구끼리 마법으로 통신이 가능케 하는 물건.

루디아와 파블론 야로스의 방에서 발견된 물건과 같은 것이다.

"영지로 내려가신다면 연락이 제한되지요. 인편으로 취하는 것은 급박한 상황에 신속성도 떨어지고 해서 준비했습니다."

"하지만 이것은······."

마법은 통신 수단으로 적정치 않았다. 그것은 누구라도 아는 것.

루디아와 파블론 야로스의 물건 역시 보안성 등을 이유로 연락을 취하긴 했지만 그 성능은 좋지 않았다.

백작성과 자작성 간의 거리는 말로 한나절이면 갈 수 있다.

그러한 거리의 통신을 위해 최상급의 수정을 가공하고도 겨우 다섯 번 정도밖에 사용하지 못하니까.

왕도와 그락서스의 거리를 생각해 볼 때 한 번도 사용하지 못할 것이다.

"백작이 걱정하는 것이 무엇인지는 잘 알고 있습니다."

데이비드가 차를 한 모금 들이켠다.

"아마 거리상의 문제로 이것이 통할까 싶겠지요."

"맞습니다."

"그것은 대륙에서 가져온 물건입니다. 단 일 회밖에 사용하지 못하는 것이지만, 대륙 끝에서 끝까지 가능하지요."

"……!"

놀라울 정도다.

아이란이 마법에 큰 관심이 있는 것은 아니지만, 그것이 얼마나 어려운 것인지는 알고 있다.

그는 대륙의 마법이 벌써 그만큼 발전했다는 것에 감탄했다.

"기회는 딱 한 번, 백작이든 저든 딱 한 번만 가능합니다. 그러니 최후까지 아끼고 아껴야겠지요. 수량이 몇 개만 더 있으면 좋겠습니다만, 이것 역시 겨우 구한 것이라……."

"잘 알겠습니다."

"나는 되도록이면 이것을 쓰지 않기를 바라고 있습니다."

데이비드의 말.

과연 그것은 지켜질 것인가?

　　　　*　　　　*　　　　*

황금의 공주 세실 그라나니아.

그녀는 데이비드의 궁에서 나와 곧장 자신의 궁으로 향했다.

느긋느긋 우아한 발걸음을 내디디며 시선을 앞으로 유지한 채 그녀는 말했다.

"아이란 그락서스 백작은 데이비드 오라버니 쪽에 붙은 것이 확실하지?"

"예."

"그렇다면 한번 해볼 만하겠는데? 가브리엘 오라버니에게 케트란 후작이 있다지만 렌빈 대공을 견제하려면 전력을 왕도에 쏟을 수 없을 거야."

렌빈 대공은 선왕의 동생으로 선왕이 살아 있을 때에도 독립을 노리던 인물.

만일 반란이 일어난다면 가장 먼저 그 반란을 일으킬 이가 바로 렌빈 대공이었다.

영지가 맞닿은 케트란 후작으로서는 렌빈 대공을 견제하는 데 힘을 쏟을 수밖에 없었다.

"귀족원장 사르돈 로드리게즈는 렌빈 대공을 비밀리에 지지하면서 독립을 종용했지. 그렇기에 그는 필시 반란을 일으킬 거야. 이걸 이용해야 해."

극소수 외에는 모르는 정보.

이것을 알고 있다는 점, 그리고 활용하려 한다는 점에서 확실히 황금의 공주는 보통의 공주와는 달랐다.

그냥 수동적으로 활동하며 왕가의 거래에서 제물로 활동하는 보통의 공주와 달리 그녀는 능동적인, 스스로 주체를 가진 공주였다.

"그런데 귀족원장은 왜 실종된 거야? 저번에 들어온 정보 외에는 없어?"

"예. 저번에 보고 드린 교외에서 일어난 대단위 전투 흔적과 슬로터러인 데인 매서크와 사르돈 로드리게즈 후작의 실종 시기가 같다는 점을 보아 둘이 연관이 있을 것 같다는 점 외에는 없습니다."

"흐음. 뭐, 덕분에 중립 파벌이 흔들리고 데이비드 오라버니나 나나 힘을 불릴 수 있는 기회니까 나쁘지는 않아."

곰곰이 생각을 해보는 황금의 공주.

그때, 그녀의 머릿속에 한 남자가 스쳤다.

조금 전 오라버니의 정원에서 대화를 하며 차를 마셨던 남자.

　아르낙스 마샬이 아닌 아이란 그락서스!

　"그락서스 백작이 일주일 전에 병을 앓았다고 했지?"

　"예. 왕도로 급하게 올라오기도 했고 그밖에 무리한 일정으로 인해 쓰러졌다고 들었습니다. 백작을 담당하는 수도의 신관 역시 그렇게 말하였습니다."

　아름다운 얼굴의 미간이 살짝 찌푸려졌다. 미간을 찌푸려도 아름다운 공주.

　"공교롭지 않아?"

　"어떠한 점이?"

　"왕가의 개와 귀족원장이 실종된 것도 일주일 전, 북부의 대귀족이 쓰러진 것도 일주일 전."

　"연관이 있다고 하기에는 좀 무리인 것 같습니다. 아무래도 우연이 아니겠습니까?"

　"그런가?"

　세실이 표정을 풀었다.

　찌푸린 것도 아름다웠지만 푼 것은 더 아름다웠다.

　"뭐, 그럼 그런 것이겠지."

　세실은 걸음의 속도를 살짝 높였다.

　"후후, 가브리엘 오라버니는 지금 무엇을 하고 있으려나?"

                    *   *   *

"그래? 세실이 데이비드와 만나고 있다고?"

"예."

"흐음."

톡, 톡.

그라나니아의 이 왕자 가브리엘은 생각에 잠겼다.

톡, 톡.

손가락으로 탁자를 튕기는 것은 그가 뭔가 생각할 때 나오
는 버릇.

그 버릇은 생각의 내용에 따라 튕기는 속도가 달라졌다.

톡톡톡!

튕김이 빨라졌다.

"세실과 데이비드, 정말 그들이 연합을 할까?"

대답을 요구하는 질문이 아니다.

생각을 정리하는 것이기에 휘하의 이들은 대답하지 않았
다.

"흐음."

톡, 톡, 톡!

"아무래도 연합을 가정하고 움직여야겠군."

가브리엘은 결론을 내렸다.

"희망적인 것보단 부정적인 것, 최선보다는 최악을 가정하고 움직이는 것이 좋으니까."

그편이 최악의 상황이 떨어졌을 때 대응하기 좋았다.

최선을 예상했는데 현실은 최악이라면 대응하기 어려우니까.

"검은 강철 기사단(Black Iron knightage)은 왕도에 언제쯤 도착하지?"

검은 강철 기사단.

가브리엘의 후원자이자 왕자비의 가문인 케트란 가문을 대표하는 기사단으로서, 아홉 영지의 대표 기사단을 총망라하는 노벰(Novem:IX:9)에서도 상위권에 드는 기사단이다.

가브리엘은 케트란 후작에게 강철 기사단의 지원을 요청했고, 후작은 그것을 받아들였다.

"이번 주 내로 도착할 예정입니다. 그런데 당초 지원 오기로 한 인원보다 수가 상당히 줄었습니다."

"왜지?"

"극비의 정보입니다만, 렌빈 대공이 케트란 영지와의 접경 지역에 군대 배치를 시작했다고 합니다."

"아, 그것 때문에 국장이 끝나자마자 후작이 영지로 돌아간 것이군."

케트란 후작은 급박한 일이 생겼다며 그의 영지로 올라갔다.

추후 연락을 하기로 하였는데 렌빈 대공이 움직였다면 이해가 갔다.

"지원은 어느 정도지?"

"당초 지원 인원 마흔에서 스물이 줄어 스물 정도라고 합니다."

"병사는?"

"정예로 일백을 파견했다고……."

쾅!

"젠장! 반 토막이 났잖아!"

가브리엘이 울분을 토했다.

혹시 몰라 최후의 수단으로 준비해 둔 왕도 점령전.

최후의 최후에 시행될 이 작전은 신속히 군대를 움직여 데이비드와 세실을 비롯한 왕족들과 귀족들을 공격, 생포하고 왕도 전체를 점령하는 것에 의를 두는 작전이다.

그것을 위해 가브리엘은 비밀리에 사병을 모았다.

그런데 그 작전에서 핵심이 될 케트란 후작의 지원 병력이 반 토막이라니.

아무리 정예로 일백이라 해도 양이라는 한계가 있다.

결국 왕도 점령전에 큰 차질이 생기고 처음부터 다시 작전을 수립해야 했다.

"후우!"

가브리엘이 한숨을 내쉬며 진정했다.

"좋아, 그것은 넘어가지."

"감사합니다."

"아냐, 네 잘못이 아니니까."

톡, 톡, 톡.

눈을 감고 손가락을 튕기며 생각을 시작하는 가브리엘.

그가 입을 열었다.

"사르돈 로드리게즈."

실종된 귀족원장의 이름을 꺼내는 가브리엘.

"그는 아직 못 찾았나?"

"예. 수도에 풀어둔 인원이 필사적으로 흔적을 찾고 있습니다만, 비밀 회담 후로 흔적이 증발되었습니다."

"그렇다면……."

톡, 톡, 톡.

그가 눈을 떴다. 그 눈이 형형히 빛나고 있었다.

"중립 파벌, 우리가 먹어야 해."

먹이를 줄 주인이 사라졌다.

먹이를 받아먹던 애완동물들, 그들은 더 이상 먹이를 먹지 못하게 되었다.

그렇다면 이제 자신이 먹이를 주는 주인이 되면 된다.

현재 중립 파벌은 수장의 부재로 혼란 그 자체. 그 혼란을 수습한 자가 중립 파벌을 가질 것이다.

사르돈이 남긴 힘은 고스란히 가브리엘의 힘이 될 것이다.

"중립 파벌을 먹어치운다면 데이비드와 세실의 연합과 대등, 혹은 그 이상의 힘을 가질 수 있다."

정치를 하는 중앙 귀족들이 모인 귀족원, 중립 파벌이지만 그들이 합쳐낸 힘은 결코 작지 않다.

말단 관리직을 맡고 있는 하급 귀족부터 상급 관리직을 맡고 있는 상급 귀족까지 두루 포함되어 있는 귀족 파벌.

대영주들이 가진 영지라는 힘은 없지만, 나라를 지탱하고 움직일 수 있는 힘을 갖고 있다.

그 힘은 각 영지를 가진 대영주들은 가질 수 없는 힘이었다.

"왕국군에 선을 대는 것에 내 사재를 모두 털어서라도 예산을 올려주겠다. 최대한 선을 이어라."

"예."

왕국군.

그것은 직할령의 군대이자 각 영지에서 징집된 병사들이 모여 만들어진 나라의 군대.

그들은 킹스로드에서는 절대적인 중립을 지켜야 한다.

킹스로드를 틈타 외적이 침입하기라도 하면 그것을 막아야 하기 때문이다.

그것이 바로 법.

그렇지만 법 역시 허점이 존재하거니와…….

"승자가 된다면 모든 것을 초월하지."

킹스로드에서 승자가 되어 왕이 된 존재에게 죄를 묻는다?

목이 날아갈 일이다.

알려지진 않았지만 과거에도 몇 번이나 왕국군은 킹스로드에 동원되었었다.

물론 왕국군 전체가 아닌 일부다. 그렇지만 그 일부가 내는 힘이라도 킹스로드에서는 큰 힘이 된다.

그것을 위해서라면 가브리엘은 모든 것을 투자할 자신이 있었다.

어차피 승자가 된다면 모든 것을 얻을 수 있으니까.

"도박, 그래, 이것은 도박이지."

모든 것을 잃고 사라지느냐.

모든 것을 얻고 권좌에 서느냐.

단 두 가지의 결과만이 기다리고 있는 도박이다.

CHAPTER
3

장사하자 먹고살자

오늘도 방실방실 밝은 하늘

―민요

왕도를 떠나는 날.

하얀 구름이 적당히 낀 푸른 하늘은 보는 이들을 시원하게 해주었다.

왕도의 상황은 온갖 색이 섞인 혼돈의 직전이지만, 잠깐은 그것을 잊게 해줄 하늘의 선물.

"조심히 가도록 해."

아르낙스가 아이란을 꼭 안아 등을 두드려 주었다.

"예, 알겠습니다."

"무슨 일 있으면 꼭 연락하고. 내가 도울 수 있는 것이라면 무엇이든 해줄 테니까."

"알겠습니다."

"그래, 그럼 이제 가봐."

아르낙스가 아이란을 풀어주었다.

"마지막으로, 다음엔 꼭 젤만 경을 만나게 해주고."

젤만.

수도에 올라올 때 아이란이 약속했다.

아이란의 가신으로 있는 젤만을 꼭 만나게 해줄 것이라고.

그러나 막상 수도에 올라오니 젤만은 여행을 떠나고 없었다.

"그런데 왜 그렇게 젤만 경을 보고 싶어 하시는 것입니까?"

마법사, 마구스인 젤만이다.

그에 반해 아르낙스는 무인인 벨라토르이고.

"내가 말하지 않았나?"

"무슨 말을 말하시는 겁니까?"

"내가 젤만 경이 내신 연애 지침서 '사랑의 판타지를 작성하는 방법(How to Write a Love Fantasy)의 열렬한 팬이라는 것을."

"쿨럭! 사랑의… 뭐요?"

상상을 초월하는 답.

"사랑의 판타지를 작성하는 방법! 연애 지침서의 불멸의 역작! 몇 십 쇄를 거친 베스트 중의 베스트셀러!"

"……."

"남자라면 그 누구나 읽어봐야 할 명작이라구!"

"…그것을 젤만 경이 작성했다구요?"

"그래. 어라, 진짜 몰랐던 거야?"

"예……."

진짜 뒤통수를 거세게 맞은 느낌이다.

"그렇다면 알아둬. 과거 수도에서 수많은 여인을 울린 전설적인 남자 젤만 사노바(Zellmhan Sanova) 경이 자신의 경험을 토대로 수많은 남성을 구원하기 위해 저술한 불멸의 작품이니까."

갈수록 태산이다.

동명이인일까 생각해 보았지만 사노바라는 성을 가진 젤만은 틀림없는 그락서스의 가신.

결국 아이란은 귀를 막은 채 말에 올랐다.

"어! 기다려 봐! 내가 젤만 경의 무용담에 대해 하나부터 열까지 설명……."

"하아! 하아!"

아르낙스를 무시하며 아이란과 그락서스 일행은 자신들이 온 대지를 향해 발걸음을 내디뎠다.

　　　　　＊　　　　＊　　　　＊

　각종 사건이 일어났던 가는 길과 달리 돌아오는 길은 평온
했다.

　다리를 건너는 동안 습격도 없었으며, 찾아오는 이들도 없
었다.

　순조롭고 또 순조롭게 아이란은 결국 영지에 도착할 수 있
었다.

　오래였다면 오래, 짧다면 짧다고 할 수 있는 외유가 끝이
났다.

　환영하는 이들을 뒤로하고 간단하게 해산식을 진행한 아
이란은 그대로 자신의 방에 가 뻗었다.

　꿈속에서 죽고 죽이는 사투를 겪고, 다음 날 깨어난 그는
여러 가신에게 왕도에서 있었던 일들에 대해 풀어놓고 자신
이 없는 동안 진행된 업무를 수습했다.

　그 과정은 외유의 기간이 기간이었던 만큼 방대하기 짝이
없어 일주일이 지난 오늘에서야 겨우 끝날 수 있었다.

　"후우!"

　상비군의 훈련을 승인하는 마지막 서류를 검토하고 난 아
이란이 기지개를 켰다.

건강하다 못해 인간의 한계까지 근접한 몸이지만, 장시간 허리를 굽히고 서류를 들여다보며 결제하는 일은 힘들었다.

특히 정신적으로.

똑똑!

노크 소리가 울렸다. 적당한 힘에 적당한 타이밍의 두들김. 그야말로 프로의 노크.

말하지 않아도 누군지 알 수 있는 사람, 바로 칼이었다.

"들어오도록."

문이 열리고 언제나 같은 차림의 칼이 들어왔다.

"무슨 일이지?"

"손님이 오셨습니다."

"손님?"

"예."

누가 자신을 찾아왔을까?

딱히 찾아올 사람은 없을 터인데.

"음. 들여보내도록."

"알겠습니다."

잠시 후, 칼이 한 사람을 대동하고 집무실에 들어왔다.

그를 본 아이란은 깜짝 놀랐다. 그 반응에 상대는 슬며시 미소를 지었다.

"오랜만에 뵙습니다, 백작 각하."

주름이 자글자글한 노인.

곱게 늙긴 했지만 잘생겼다기보단 인자하다는 인상이 강한 얼굴이다.

그렇지만 이 인물이야말로 최근 들은 전설의 주인공이다.

"오랜만이군, 젤만 경."

아르낙스의 열렬한 우상, 젤만 사노바가 그락서스로 돌아왔다.

"그동안 잘 지내셨습니까?"

"나야 뭐, 그저 그렇지. 그러는 그대는 어떠했나?"

"허허, 저 역시 잘 보냈지요."

으레 하는 인사말 같지만, 맞는 말이기도 했다.

"그래, 완전히 돌아온 것인가? 왕도 학회에서의 일은 마무리하고?"

"예. 대충 다 마무리하고 던져놓고 왔으니 이제 자기들이 알아서 할 일이지요."

살짝 악당과도 같은 미소가 보인다.

"아, 깜박하고 있었습니다. 선물입니다."

품의 주머니에서 무엇인가를 꺼내는 젤만.

"며칠간 대륙에 갔다 왔습니다. 그때 한 마을에 체류했는데 거기서 대접받은 음식이 워낙 맛있어서요. 백작 각하께도 맛보여 드리면 어떠할까 싶어 가져왔습니다."

탁.

젤만이 꺼낸 것은 밀봉된 도자기 병이었다.

손바닥만 한 높이에 양 손바닥으로 둘러쌀 정도의 크기.

이러한 것이 품에 들어 있었다니, 젤만이 입고 있는 로브에
감탄이 나왔다.

또 어떠한 것들이 들어 있을까?

"열어봐도 되나?"

"예. 마음껏 열어보십시오."

드륵.

아이란이 뚜껑을 열자 탁 쏘아져 오는 냄새.

시큼 새콤한 기름 냄새와 생선의 비릿한 냄새가 적절히 섞
여 있다. 바닷사람이라면 모를까, 내륙 사람들은 적응이 안
되는 향이다.

"아일락 오일에 작은 생선들을 절여 만든 '사르딘(Sardine)'
이라는 저장 음식입니다. 그 마을에서만 먹는 음식인데 빵과
함께 먹으니 참 맛있더군요."

"……."

떨떠름한 시선으로 사르딘을 바라보며 감사를 표하는 아
이란.

"마음에 들지 않으십니까?"

"아, 아니. 고맙네."

그래도 성의를 무시할 수 없었다.

"다행입니다. 오늘 저녁에 한번 드셔보십시오. 반하실 것입니다."

"그러도록 하지."

사실 아이란이 원하는 대화는 이것이 아니었다.

묻고 싶은 것은 단 하나.

그것 때문에 입이 근질근질하다.

몇 번의 들썩거림. 그러나 결국 아이란은 묻지 못했다.

"음? 무슨 할 말이 있으십니까?"

"아니, 아무것도 아냐. 피곤했을 터이니 이만 쉬도록 하게. 저녁에 환영회도 할 겸 전부 모여 저녁이나 같이 먹지."

"감사합니다."

젤만이 나가고 아이란은 한숨을 내쉬었다.

사실 아이란이 물을 것은 별것 아니다.

젊은 시절 대단했다고 들었다. 책도 냈다고 들었다.

그리 거창한 것도 아니었다.

하지만 아이란은 묻지 못했다.

*   *   *

오늘도 어김없이 해가 지고, 달이 뜬다. 별들은 그 주변을 장식한다.

백작가의 식당은 오랜만에 활기찬 분위기이다.

그동안 아이란은 홀로 식사를 해왔는데, 오늘은 젤만의 환영회를 명분으로 여러 손님을 초대했다.

물론 그리 거창한 연회는 아니었다. 그냥 밥이나 같이 한 끼 먹는 정도.

어쨌든 참여한 인원은 이러했다.

기사단장 발론 자작과 집사장인 칼, 관리들의 수장인 말론과 직영 상단을 운영하는 베라임, 그리고 오늘의 주인공인 젤만이 그 인원.

식사는 화기애애하게 진행되었다.

발론 자작 등이 모두를 대표해 젤만에게 여행 중 무용담 같은 것을 물으면 젤만은 그것을 재미있게 풀어놓았다.

그것은 모두의 정신을 쏙 빼놓기에 충분했다.

게다가 그가 가져온 사르딘이란 생선 절임은 정말 맛있었다. 애초 아이란이 냄새에 질겁했던 것과 달리 막상 입에 넣으니 놀라울 정도의 맛이었다. 아이란이 놀란 눈을 한 것은 물론 다른 이들도 냄새에 찌푸렸다가 먹은 뒤에는 칭찬을 마지않았다. 단순히 구운 빵에 올려 먹는데도 그 특유의 풍미로 인해 일품요리가 완성되었다.

즐거운 이야기에 맛있는 음식까지, 그렇게 분위기가 무르

익었다.

그렇지만 그러한 분위기도 깨지는 것은 단 한 순간.

"저……."

말론이 조심스레 입을 열었다.

왠지 느낌이 좋지 않은 것은 이 자리에 위치한 그 누구라도 느낄 수 있었다.

"이야기해 보게."

어쨌든 이야기나 들어보자. 아이란이 허락하자 말론은 하고자 한 이야기를 시작했다.

"오늘 보고에서는 못 드린 이야기입니다만……."

일 이야기.

맛있게 밥을 먹는데 일 이야기를 꺼내면 기분 좋을 사람이 몇이나 될까?

그렇지만 말론 역시 꺼내고 싶어서 꺼낸 것이 아닐 것이다. 그리고 이런 자리에서 꺼낸 것은 그만큼 급박한 사항이기도 하다는 소리다.

"현재 영지의 재정 상태가 빠른 속도로 말라가고 있습니다. 그 이유는 바로 현재 주력 산업인 임업의 수입 악화이지요."

말론의 말에 아이란은 머릿속에서 한 보고서를 떠올렸다. 분명 읽은 기억이 난다.

"야만인들이 발호했다지?"

"예. 제 권한으로 움직일 수 있는 병사들을 동원해 야만인들을 쫓아냈습니다만, 그 기간 동안 작업을 하지 못해 이번 달은 적자 상태일 것입니다. 그동안 전쟁의 지속으로 그락서스의 재정 상태는 소비 위주로 진행되어 왔는데 이런 상태로 가다간 정말 어려워질 수 있습니다."

그간 그락서스의 상황을 보자면 내정보다는 군정.

영지를 발전시키는 방향보다는 현상 유지에 급급했다.

들어오는 돈보다 쓰는 돈이 더 많으니 당연하다. 재정이 건실하다면 그것이 이상하다.

"흠……."

"게다가 임업의 경우 선대 백작 각하 대부터 수익이 조금씩 하락세를 보이고 있습니다. 빠른 시일 내에 새로운 수익원을 창출해야 될 것 같습니다. 그렇지 않을 시 최악의 경우 십년 내 재정이 파산될 수도 있습니다."

말은 쉽다. 그냥 입만 열어 생각을 뱉으면 되니까.

그런데 그것을 현실로 옮기려면 그때부터가 문제이다.

사실 아이란도 알고 있었다.

영지의 수입이 해마다 떨어지고 있는 것을. 그러나 둘러싼 상황을 처리하는 것만으로도 역부족이라 우선순위에서 밀려난 것이다.

새로운 수익원.

어떻게 새로운 수익원을 창출해야 할까?

아이란은 생각했다. 새로운 수익원이 무엇이 있을지.

우선 영지에 대해 파악하는 것이 먼저이다.

영지의 자연부터 생각해 보자.

서와 남은 산맥으로 둘러싸여 있고, 북과 동은 바다로 둘러싸인 환경.

남동쪽 엘모로 평원만 제외한다면 고립된 곳이나 마찬가지다.

그렇기에 그락서스는 상업이 발달하기에 제약이 있다. 따라서 그락서스의 산업은 수도의 학자가 분류한 일차산업 위주일 수밖에 없다.

결국 할 수 있는 것은 산맥에서 나오는 질 좋은 목재를 판매하는 것뿐.

곡물은 뮤튼이나 마샬, 직할령에서 나오는 것들과 물량에서 상대가 되지 않을뿐더러 영지 내에서 소비할 정도에 불과했다.

두 면이 바다인만큼 케트란이나 알비란처럼 무역을 할 수 있으면 얼마나 좋을까?

그러나 그것은 불가능한 것이 그락서스와 접한 바다는 대부분 해안 절벽이거나 수심이 얕아 큰 배가 들어오기에는 무리가 있었다.

결국 조그마한 고깃배들 정도가 한계.

"흐음, 그나마 할 만한 것은 가죽 정도인가."

산맥에서 동물들을 사냥해 가죽을 가공, 판매하는 규모를 키운다면 괜찮을지도 모른다. 아이란은 이것저것 떠올려 보았다. 하지만 또렷한 답이랄 건 없어 다 비우지 않은 식기를 일찌감치 정리했다.

입맛이 싹 사라졌다.

그때, 아이란의 눈에 띄는 접시 위의 요리 하나.

바삭하게 구운 흰 빵 위에 올라가 있는 기름에 절여진 조그마한 생선!

갑자기 드는 뜬금없는 생각.

'이것을 판매하면 어떨까?

누구도 먹어본 적 없는 새로운 음식.

맛도 맛이지만 제조도 쉬울 것 같다. 그락서스와 접해 있는 바다에 큰 배는 못 들어오지만 고깃배 정도는 충분하다.

원재료 면에선 충분히 현지 조달이 가능할 것이다. 게다가 그렇게 크게 인력이 들어가는 일도 아닌 것 같다.

만약 이것을 만들어서 판다면 어떨까?

이윤은 적당히 낮추어 저렴하게 판매한다면?

구매 능력이 있는 자작농 이상 계층은 구입할 것 같다.

귀족을 대상으론 고급 어종과 기름을 사용한다면 그것도 충분히 먹힐 듯하다.

"이것 참 괜찮군요, 젤만 경. 이거 더 없습니까?"

발론 자작이 젤만에게 물었다.

기사 가문 출신이지만 귀족은 귀족. 게다가 먹는 것에는 까다로운 발론 자작이 저리 말할 정도이니 귀족들의 입맛에도 충분히 통할 것 같다.

아니, 애초부터 자신의 입에도 잘 맞지 않은가?

"하하, 발론 경께서도 마음에 드시는 모양이구려. 그렇지만 안타깝게도 내가 먹을 분량도 부족하다오."

"아쉽군요. 가까운 곳이라면 당장에라도 가서 사고 싶은데 말입니다."

"다음 대륙행에 마차에 가득 실어 가져오겠습니다."

"기대하겠습니다, 젤만 경."

"그땐 저도 좀 주시지요."

"저 역시 마찬가지입니다. 이것 참, 한번 수입을 해볼까요? 그럼 마음껏 먹을 수 있을 텐데 말이죠."

"저, 저도!"

칼과 베라임, 말론 역시 마음에 들었나 보다.

사르딘 이것은 충분히 먹힐 것 같았다.

"젤만!"

아이란이 젤만을 기대감에 반짝이는 눈으로 바라본다.

"예."

"이것의 제조법에 대해 알고 있나? 아니, 모르더라도 알아야 한다."

"대충은 알고 있습니다."

"좋아!"

그의 눈은 바로 그다음 타깃!

"말론!"

"예."

"우리 영지의 어부들이 잡아들인 고기는 대부분 이 생선과 같은 정도의 크기로 안다. 상품성이 큰 커다란 놈들은 시장에 넘겨지지만, 이처럼 작은 놈들은 어떻게 처리하지?"

"어부들이 가져가 가족과 먹거나 밭에 비료로 사용하는 것으로 알고 있습니다."

휙!

그다음 차례는!

"충분히 판매 가능합니다. 귀족들도 만족시키는 이 맛도 맛이지만 저장에도 용이합니다. 게다가 젤만 경께서 말씀하시길 이 생선 절임은 한 마을에서밖에 만들지 않고 그들밖에 모르는 것이라니 희소성의 가치에서도 충분합니다."

척하면 착.

눈치 빠른 베라임은 아이란이 묻지 않아도 답을 내놓았다.

그렇게 재정 파탄에서 그락서스를 구원하기 위한 생선 절임 대작전이 시행되었다.

*　　　*　　　*

보름이 지나 아이란은 가신들과 해안의 마을로 향할 수 있었다.

그때의 저녁 식사 후 당장에라도 떠나고 싶었으나 본인도 그렇거니와 가신 모두 한가한 사람들이 아니었다.

일정을 재조정하는 등의 조율 과정을 거치고, 간략하게라도 말론의 관리들과 베라임의 상인들이 말을 맞춰보고 하니 어느새 일주일이 훌쩍 넘어 결국 보름이 되어서야 향할 수 있게 되었다.

말을 재촉하여 아침에 출발했으나 점심때쯤 도착할 수 있었다.

갑작스레 나타난 귀족, 그것도 영주의 행차에 마을 사람들이 놀라 자빠지는 것은 당연한 일.

모두 무릎을 꿇어 그들을 맞이하는 와중에 촌장이 조심스레 입을 열었다.

"백, 백작 각하를 뵙게 되어 영광입니다. 아뢰옵기 송구하오나 저희 마을엔 어떠한 일로……."

"아아, 그리 떨 것 없다. 이곳이 우리 영지에서 가장 큰 어촌이라지?"

"예. 부끄럽습니다만, 그렇게 불리고 있습니다."

덜덜 떨리는 목소리에 가늘지만 자부심이 섞여 있다.

그렇지만 아이란이 보기엔 그저 그런 마을이다.

가장 큰 마을이라고 해봤자 평범한 마을과 비슷하다. 배 역시 큰 배는 못 들어오기에 작은 고깃배뿐이고.

"저기 있는 저 배가 전부인가?"

"예. 오늘은 쉬는 날이라 전부 들어와 있습니다."

바다 위에 떠 있는 배는 크고 작은 것을 포함하여 열 척 정도.

다른 마을이 다섯 척 정도라는 것을 감안해 볼 때 확실히 가장 큰 마을이다.

"잡은 물고기는 어떠한 것이 많지?"

"대부분은 멸치나 정어리 같은 것입니다. 그놈들은 마을 내에서 먹거나 말려 팔고, 비료로도 사용하고 있으며, 좀 큰 배들이 멀리 나가 큰 놈들을 잡는 경우도 있으나 그 수는 그리 많지 않습니다."

딱 자급자족 정도이다.

"칼."

"예."

칼이 들고 온 가방에서 병을 하나 꺼내 촌장에게 건네주었
다. 젤만이 가져온 사르딘이 담긴 병.

촌장이 호기심을 가지고 그 병을 바라본다.

"열어보게."

조심스레 뚜껑을 여는 촌장.

"이, 이것은?"

"대륙의 어느 마을에서 만드는 것이라 하더군. 한번 먹어
보게."

"예."

사르딘을 먹어본 촌장의 눈이 커졌다.

단순한 기름 절임이라고 하기엔 그 맛이 놀랍기 때문.

"괜찮지 않은가?"

"놀라울 정도입니다!"

감탄을 토해내는 촌장의 모습에 아이란이 피식 웃었다.

"어때? 만들 수 있겠나?"

"음. 그것은 잘 모르겠습니다. 그냥 기름에 절인 것 같으면
서도 그것만으론 이런 물건이 나올 것 같지는 않습니다."

"아일락 기름에 절인다더군."

"그렇습니까……."

아일락 기름을 쓴다는 말에 표정이 어두워지는 촌장이다.

"왜 그러지? 우리 영지에서도 아일락은 열리는 것으로 아는데?"

아이란이 할 수 있다고 생각하게 된 계기가 이것이다.

생선도 있고 기름의 원료인 아일락 역시 영지에서 생산된다.

그렇다면 만들 수 있지 않겠는가?

"제가 알기론 저희 영지에서 생산되는 아일락은 야생종이라 품질이 그리 좋지 않습니다. 지금 제가 먹어보니 이것은 상급의 기름을 사용한 것으로 보이는데, 영지에서 나오는 것을 사용한다면 이 정도 물건을 만들 자신이 없습니다."

이것이 원인이었다.

대륙은 아일락의 열매를 짠 기름을 즐겨 사용하지만 그라나니아는 아니었다.

그렇기에 기껏 있는 아일락도 야생종이라 품질을 장담하지 못했다.

"흠, 그러한 문제가 있었군."

계획에 차질이 생겼다.

이대로 포기해야 하나?

"그 문제는 제가 도움을 드릴 수 있을 것 같습니다."

그때 나서는 이, 이 계획의 발단이라고 할 수 있는 젤만이다.

"제조법도 알고 있겠다, 개량을 한번 해보겠습니다. 이곳에 머물며 멋진 물건을 만들어보도록 하지요."

젤만이 자처했다.

"괜찮겠나?"

"예. 애초에 제가 가져온 것 아닙니까? 밑의 놈들이 알아서들 잘하고 있어서 요즘 할 일도 없거니와 부업 삼아 한번 해보겠습니다."

"그럼 맡기도록 하지. 도움을 줄 이들을 좀 보내겠네. 조리장의 제자와 베라임의 휘하 상인을 보내주지."

"예. 반드시 좋은 결과를 내보이겠습니다."

사르딘이 실패할 수도 있다.

사실 지금까지 낙관적인 전망만 생각했으니까.

그러나 직영 상단주인 베라임도 동의하는 것으로 볼 때 대박까진 못 치더라도 최소한 중박은 칠 수 있을 것이다.

어쨌든 이제 사르딘을 만들기 위해 젤만은 이곳에 남을 것이다.

유용한 인재인 그를 이러한 시골에 놓아두는 것이 마음에 걸리지만 어쩌겠는가?

영지의 자금이 뭉텅뭉텅 사라지고 있는 지금, 아끼고만 있을 때가 아니었다.

샘플로 남은 사르딘을 전부 맡긴 아이란은 성으로 돌아왔다.

그리고 사르딘을 계기로 베라임과 많은 이야기를 나누었다. 그 결과 나온 것은 영지 상단의 혁신.

기존의 방법으론 그락서스의 재정을 유지는 할 수 있지만 확 불릴 수는 없었다.

자고로 돈은 있으면 있을수록 좋다. 그렇기에 그 방법을 나누었고, 하루를 꼬박 사용한 회의 끝에 결론이 나왔다.

기존 그락서스 직영 상단을 좀 더 체계적으로 나누기로.

그락서스 직영 상단을 모체로 두고 기존 사업부와 새로운 사업부를 둔다.

목재를 위주로 한 기존 사업부.

사르딘과 같은 기존과 다른 물품을 다루는 신 사업부.

이 두 사업부가 쌍두마차가 되어 그락서스 발전의 견인차 역할을 것이다.

과연 그러한 날이 올 것인가?

망상에 그칠 수도 있고 현실이 될 수도 있다.

그것은 시간이 흘러봐야 알 것이다.

지금으로썬 아무것도 모른다.

CHAPTER
4

어떠한 목적을 위하여 자신의 정체를 숨기며 돌아다니는 것.

—암행(暗行)

젤만이 돌아온 주의 주말.

아침을 먹은 아이란은 밖에 나갈 채비를 갖추었다.

목적은 영지의 시찰로, 이번엔 당일이 아닌 일주일 정도의 일정으로 하나딜이 아닌 영지 구석구석을 둘러볼 예정이다.

보고를 받는 것만으로도 대충의 사정은 알 수 있지만, 직접 눈으로 보는 것이 더 확실하기 때문이다.

아이란은 채비를 갖추었다.

여행하는 방랑자라는 콘셉트에 맞게 가죽으로 된 옷에 천으로 된 망토를 입은 모습은 나름 잘 어울렸다.

아이란은 옆구리에 검을 찬 후 백작성의 입구로 나갔다.

그곳에는 가신들이 아이란을 환송하기 위해 나와 있었다.

발론 자작이 쥐고 있는 말에 오른 아이란.

"정말 괜찮으시겠습니까?"

칼과 발론 자작 등 가신들이 걱정스럽게 바라본다.

아이란이 이번 시찰을 홀로 시행하기로 결정했기에 그것을 걱정하는 것이다.

"걱정하지 말도록. 아무런 문제 없다."

가신들의 걱정을 물리치고 고삐에 힘을 주었다.

이제 이 손을 튕기면 말은 달릴 것이다.

"여기, 이것을……."

그때, 칼이 주머니 하나를 건넨다.

"비상금입니다."

"이미 충분히 챙겨두었다만?"

영지민의 일 년치 생활비 정도를 여비로 챙긴 아이란.

이 정도면 차고 넘치는 정도. 더 챙겨보았자 짐의 무게만 늘릴 뿐이다.

"혹시 모르는 일이 생길까 싶어. 가지고만 가십시오."

그렇지만 칼의 성의를 무시할 수도 없다.

결국 아이란은 주머니를 등에 멘 가방에 넣었다..

"그럼 진짜 출발하도록 하겠네."

"무사히 다녀오십시오."

"하아! 하아!"

아이란이 고삐를 튕기고 배를 차자 말이 달렸다.

첫 번째 목표로 삼은 곳은 그락서스의 최북단 마을.

그곳에서부터 아이란은 각 지방을 차례대로 시찰할 것이
다.

*   *   *

그락서스 본령의 북부를 시찰하고 아이란이 향하는 곳은
서쪽.

야로스 자작령으로 불렸으며, 지금은 그락서스 본령으로
회수된 지방이었다.

노을이 질 때쯤 아이란은 첫 마을에 도착했다.

"음."

느껴지는 첫 감정은 우울이다.

본령과는 달리 분위기가 심히 좋지 않았다.

아무래도 반란을 일으킨 야로스 자작가의 영지였던 만큼
시간이 꽤 흐른 지금까지도 앙금이 남아 있는 듯했다.

보고를 받기론 꽤 좋아진 분위기라 들었는데 좋아진 것이
이 정도라니.

말을 탄 여행자 복장의 아이란이 등장하자 마을 사람 모두가 빤히 쳐다본다.

야로스 자작가가 그렇게 된 이후 야로스 지방을 찾는 외지인의 수가 뚝 떨어져 찾는 이가 거의 없는 지금, 아이란은 오랜만에 이 마을을 찾은 외지인이었다.

그렇기에 애나 어른 할 것 없이 모두 아이란을 쳐다본다.

아이들은 신기한 구경거리라도 되는 듯 다른 애들도 불러 모아 아이란을 구경했다.

공연장의 원숭이가 된 것 같아 기분이 좋지만은 않았다.

그때, 누군가 아이란의 옆으로 다가와 넉살좋게 말고삐를 잡았다.

"여행자시죠? 이 마을의 하나뿐인 여관으로 안내해 드리겠습니다. 뭐, 실상은 펍이지만, 숙박업도 하니 여관이나 마찬가지죠, 뭐."

익살스러운 미소를 짓고 있는 청년이다.

"설마 거부하시는 건 아니겠죠?"

청년의 눈은 활기로 가득 차 있다.

오랜만에 보는 이 호구를 절대 놓칠 수 없다는 눈빛.

고개를 설레설레 저은 아이란이 입을 열었다.

"그럼 부탁하도록 하지."

"예엡!"

청년을 뒤따르며 아이란은 그의 뒷모습을 유심히 바라보았다.

옷에 둘러싸여 있으나 아이란 정도의 경지가 되면 알 수 있다.

상대가 무술을 수련했는지 안 했는지, 어느 정도의 성취인지.

그러한 점에서 이 청년은 꽤 탄탄한 성취를 갖춘 자이다.

'뭐, 낙향이라도 한 것이겠지.'

그렇지 않다면 무언가 숨기고 있다거나.

아이란이 이 청년을 뒤따르는 것은 그것 때문이었다.

무언가 촉이 왔다.

"조금만 더 가면 됩니다. 바로 저어기 보이시죠? 헤헤, 가보시면 만족하실 겁니다."

그대로 청년의 발길에 안내된 곳은 '술 취한 샘슨'이란 이름의 평범한 펍이었다.

문을 열고 들어가니 몇 사람 없는 한산한 내부가 보였다.

"어이, 영감, 손님 모시고 왔어."

"아, 오셨습니까, 샘슨 주인님."

탁자에 앉아 술잔을 들이켜고 있던 노인이 입구를 돌아봤다.

"에휴, 이름을 술 취한 샘슨이 아닌 술 취한 영감으로 바꿔야 해.”

청년, 아니, 샘슨의 투덜거림.

저 영감의 이름이 샘슨이 아니라 이 청년의 이름이 샘슨인가 보다.

“끄윽, 이쪽으로 오시죠, 손님.”

비틀거리며 일어서는 노인. 그 모습이 심히 불안해 보인다.

그것은 샘슨도 마찬가지인 것 같다.

“됐어, 됐어. 영감은 그냥 술이나 퍼 마셔. 이쪽으로 오시죠, 손님.”

샘슨이 카운터로 직접 들어가 아이란을 맞았다.

“어떤 방으로 하시겠습니까? 참고로 말씀드리자면 저희 방은 특특특급과 특특급, 특급이 있지요.”

황당한 눈빛으로 샘슨을 바라보는 아이란. 그에 샘슨이 익살스럽게 히죽 웃는다.

“특급이 많군.”

“저희 방은 전부 특급이라 그렇습니다.”

“그럼 특특특급과 특특급, 특급은 무슨 차이가 있는지 설명해 주겠나?”

“특특특급은 그야말로 특특특급입죠.”

“……”

"장난입죠. 특특특급은 최상급 일 인실입니다. 특특급은
이 인실이구요. 특급은 사 인실입니다."

그냥 다른 여관의 1급, 2급, 3급 실과 같은 걸 이름만 다르
게 한 것 같다.

"특특특급을 주게."

"옙. 1페니입니다."

"비싸군."

사치를 하지 않고 최소한으로 연명할 시 4인 가구가 5페니
로 한 달의 생활이 가능하다.

그 오분의 일이 방값으로 날아가는 것.

한몫 톡톡히 잡으려 하는 것이리라.

아이란의 어이없는 눈빛 때문인지 샘슨이 변명(?)을 늘어
놓았다.

"헤헤, 특특특급인데 이 정도 방값은 당연하죠. 대신 특특
특급은 식사도 제공되고 말먹이도 무료로 제공됩니다."

"…특특특급으로 주게."

"옙, 선불입니다."

아이란이 금색 동전 하나를 튕기자, 재빠르게 잡아내는 샘
슨이다.

"틀림없는 1페니, 확실히 받았습니다."

샘슨은 벽에 걸려 있는 사슴 머리 박제에 걸쳐져 있는 열쇠

하나를 주었다.

"1번 방입니다. 위층으로 올라가시면 바로 확인하실 수 있을 겁니다."

"알겠네."

"식사는 어떻게 하시겠습니까? 내려와서 드시겠습니까? 방까지의 배달 서비스는 별도의 비용이 청구됩니다만……."

"내려와서 먹지."

"잘 생각하셨습니다. 저녁 식사 시간은 삼십 분 후부터 시작이니 그 후 편한 시간에 내려오시면 됩니다. 참고로 말씀드리자면 저 영감이 매일 술에 절어 있지만 한때 왕도에서 유명한 요리사였습죠."

전혀 믿음이 가지 않는 모습.

"헤헤, 술을 너무 퍼 마셔 쫓겨난 것이지요."

"……"

아이란은 그냥 방으로 올라가는 것이 낫겠다 싶었다.

계단을 올라가자 샘슨의 말대로 바로 1번 방이 보였다.

문을 열고 들어가자 침대가 하나 있고, 탁자 따위 단출한 가구가 전부인 방이 아이란을 맞았다.

탁자 위에 메고 있던 가방을 놓아둔 아이란은 침대에 누워 오늘 시찰했던 곳을 떠올렸다.

그락서스 본령.

본령은 딱히 문제가 될 점은 없어 보였다. 분위기도 괜찮았고.

문제는 바로 이곳.

야로스 자작령이다.

그동안 신경 쓸 여유가 없었다고 하지만, 본령과 비교했을 때 분위기가 심각했다.

이것을 어떻게 바꿔야 할까?

이대로 본령 상태로 유지하며 각종 정책을 자작령에 펼쳐 그락서스의 분위기에 동화시켜야 할까, 아니면 다른 가신에게 야로스 자작령을 하사할까?

'뭐, 그것은 끝에 생각해 보기로 하자.'

그것은 이 시찰의 끝에 생각해 보아도 늦지 않았다.

이제 그 첫발을 디딘 것일 뿐이니까.

*　　　*　　　*

저녁 시간에 맞추어 내려가니 조금 전보다 떠들썩해진 홀이 아이란을 반긴다.

조금 전까지 우울한 분위기였다면 지금은 유쾌한 분위기.

사람이 바글바글할 정도까진 아니지만 꽤 많은 수가 모여 있다.

"여어! 내려오셨군요! 여기 앉으시죠!"

샘슨이 계단에서 내려오고 있는 아이란에게 손짓한다. 그 반응에 사람들의 시선이 아이란에게 향한다.

약간 뻘쭘한 상황. 그러나 아이란이 아무렇지도 않게 행동하자 대부분은 흥미를 껐다.

그러나 오랜만에 보는 외지인이란 것에 관심이 가는지 유심히 아이란을 지켜보는 이도 꽤 있었다.

자리에 앉자 샘슨이 씩 웃는다.

"특특특실에 제공되는 저녁 식사는 수프와 빵, 고기 요리입니다. 다른 것들이 필요하시면 저 벽에 걸어둔 메뉴판을 보고 주문하시면 됩니다."

샘슨의 손가락 끝을 따라가니 가지가지 요리가 적혀 있는 메뉴판이 보였다.

'악필이군.'

메뉴판의 요리는 평범했다.

일단 나오는 것을 보고 주문을 하든지 말든지 해야겠다고 생각할 때 샘슨이 요리를 내왔다.

평범한 수프와 평범한 빵, 그리고 허벅지까지 붙어 있는 닭다리 하나.

맛도 평범한 정도.

아이란은 어느 정도 비운 맥주를 주문해 한 모금씩 들이켜며 주위의 이야기에 귀를 기울였다.

갖가지 말소리가 뒤섞여 있지만 주의를 기울인다면 충분히 알아들을 수 있었다.

바로 지금처럼.

"그러고 보니 백작이 수도에 갔다 왔다지?"

"아아, 나도 들었어. 근데 뭐 하고 왔대?"

"왕이 죽었다니까 그거 때문에 갔다 왔겠지."

남자 몇이 술잔을 들이켜며 이야기를 나누고 있다.

그들의 주제는 대체적으로 아이란과 영지에 대한 이야기들.

아이란은 유심히 그들의 말을 들었다.

무언가 촉이 왔다.

그리고 그 촉은 아이란을 배신하지 않았다.

얼굴이 불콰해진 사내들이 목소리를 낮춰 속삭인다.

떠들썩한 분위기에 목소리도 모기 소리 같으나 단련된 귀는 거뜬히 들을 수 있다.

"그런데 그거 진짜인가?"

"그거라면 그걸 말하는 것인가?"

"그래, 그거."

"야로스 자작님의 숨겨둔 아들이란 자가 병사를 모으고 있단 소문 말이지?"

"······!"

듣고 있던 아이란은 깜짝 놀랐다.

야로스 자작에게 숨겨둔 아들이 있었단 말인가?

분명 야로스 자작에겐 자식이라곤 딸인 루디아 단 한 명뿐.

이 경우에는 두 가지 정도로 짐작이 가능하다.

진짜 야로스 자작이 숨겨둔 아들이 있거나, 모종의 목적을 위해 야로스 자작의 아들이라 사칭을 하거나.

하지만 첫 번째 가정은 가능성이 낮다. 야로스 자작은 생전 사생아라도 좋으니 아들이 있었으면 했다. 그러나 그가 죽을 때까지도 아들은 없지 않았던가.

결국 두 번째 쪽으로 의심은 기울어진다.

'누구지? 누가 야로스 자작의 아들을 칭하는 것인가? 어떠한 목적으로?'

좀 더 정보가 필요하다.

그러나 이미 그들의 주제는 다른 것으로 넘어갔다.

여기서 아이란은 선택을 해야 했다.

'저들에게 접근해 정보를 얻을 것인가.'

그러나 이 경우는 위험성이 크다. 게다가 저들이 알고 있다는 보장도 없고.

'아니면 다른 출처를 통해 알아볼 것인가.'

그렇지만 이것 역시 헛짓이 될 수 있었다.

대체 어떻게 해야 할까?

'음.'

한참을 생각하던 아이란은 결국 결정했다.

그는 자리에서 일어나 떠들던 이들에게 다가갔다.

"하! 그래서 말이야, 내가 제시 그것의 치마를 살짝……."

"흠흠!!"

한참 음담패설을 나누고 있던 이들의 대화가 끊겼다.

아이란을 의아한 시선으로 바라보는 그들.

"…뭐요?"

"반갑습니다. 보시다시피 저는 여러 곳을 여행하고 있는 여행자인데, 조금 전 여러분의 이야기를 우연히 듣게 되었습니다. 그것에 흥미가 조금 가서요."

"……!"

"이, 이야기라면 무엇을 말하는 것이오?"

"조금 전 꺼내신 이야기 말입니다. 야로스 자작님의……."

"일없소!"

아이란이 말을 꺼내자마자 단호하게 끊어낸다.

"여기!"

아이란이 손을 번쩍 들자 샘슨이 아이란을 돌아보았다.

"맥주 큰 것으로 여기 인원수대로 갖다 줘. 안주 역시 제일 좋은 것으로!"

"예이! 분부대로 하겠습니다!"

잠시 후, 샘슨이 요리와 술을 가져다 놓았다.

모락모락 연기와 향기가 피어오르는 고기의 향연.

사내들은 그것을 침을 꿀꺽 삼키며 바라보았다.

"자자, 드시죠."

"……."

"그냥 제가 쏘는 겁니다. 아무런 조건 없는 선의이니 어서 드시죠."

"정, 정말인가?"

반쯤 넘어왔다.

"예."

아이란이 히죽 웃었다. 평소 그답지 않은 모습이다.

"그, 그럼 잘 먹도록 하겠네."

"나, 나도!"

포크가 고기를 찌르고, 맥주잔이 기울어졌다.

아이란은 그들과 함께 먹고 마시며 이야기에 참가했다.

야로스 자작의 아들에 관한 이야기는 아니지만 웃으면서 떠들었다.

그렇게 한참을 떠들고, 맥주잔과 독한 증류주 병이 몇 개나 식탁 위를 굴러다닐 때쯤.

정신이 멀쩡한 이는 아이란 혼자뿐이었다.

다른 이들은 술에 취해 해롱해롱한 상태로 탁자에 머리를 처박고 있었다.

바로 지금이 기회였다.

"토마스 씨."

"…으응? 왜 그러나아?"

온몸이 비틀비틀, 얼굴을 빙글빙글 돌리고 있는 이 토마스라는 중년인이 이 무리의 중심이었다.

"야로스 자작의 아드님이 있다는 아까 전 이야기, 사실입니까?"

"뭐, 뭐라구우?"

"야로스 자작의 아드님이 있다는 이야기, 사실입니까?"

"아아, 그거 말하는 거야?"

"예."

"나도 몰라아아. 그냥 있다고 소문이 돌고 있어어어."

역시 이들이 알 리가 없다. 어쨌든 알아볼 것은 더 있었다.

"…그가 병사를 모은다는 것은?"

"그건 진짜야아아아. 우리 마을에서도 한 명이 지원했지이이."

"정말입니까?"

"그래애애애. 무려 한 달에 10페니나 받는다는구우운."

"어떻게 지원하는 겁니까? 대체 어디서?"

"그건 나도 모르지이이. 그냥 마을에 찾아와아아."

"찾아온다고요? 대체 언제?"

"그건 모르지이이이……."

털썩!

그 말을 마지막으로 토마스 역시 쓰러졌다.

"흐음……."

딱히 중요한 정보는 건지지 못했다. 그렇지만 지금으로썬 이 정도도 감지덕지.

칼과 연락할 방법이 없다는 것이 아쉬운 밤이다.

어쨌든 내일 아이란은 다른 곳들을 들르며 정보를 수집할 생각이다.

* * *

다음 날, 아이란은 아침 일찍 여관을 나섰다.

오늘의 목표는 두 개의 마을을 들러 정보를 수집하고 영도인 야로스 시로 향하는 것이다.

하나 일은 그리 순조롭게 진행되지 않았다.

들른 마을에서 정보를 캐내보았지만 얻은 것은 하나도 없었다.

결국 아이란은 별다른 성과도 없이 바로 다음 마을로 향했다. 그곳에서도 정보를 얻을 수 없다면 바로 야로스 시로 향할 생각이다.

아이란의 앞에 숲이 나타났다.

이제 이 숲만 지난다면 마을 바로 앞이다.

작은 숲인데도 키 큰 나무가 빽빽해서 그런지 마치 밤과 같다.

햇볕이 들어올 조그마한 틈도 없이 다 막혀 있는 숲. 대낮임에도 불구하고 누군가를 습격한다면 딱 좋은 조건의 환경이다.

그리고 그 좋은 조건을 놓치지 않는 이들이 등장했다.

쉬익—!

빠르게 날아오는 화살 한 대.

그 일직선상의 목표는 아이란이 타고 있는 말의 머리.

아이란은 옷의 소매에 오로라를 담아 화살을 덮어 회수했다.

어디에서나 볼 수 있는 평범한 화살이다.

샤락.

휘릭!

풀을 밟는 미약한 소리가 아이란의 귀에 잡히고, 아이란은 그곳을 향해 손에 들린 화살을 던졌다.

이쪽을 향해 쏘아진 속도보다 족히 두 배는 빨리 쏘아진 화살이 숲 안으로 사라졌다.

"컥!"

들리는 비명을 보아하니 명중이다.

"젠장! 쏴라!"

슈슈슈슈슈슈슉!

숲이라는 지형은 공격하는 쪽에 비해 방어하는 쪽이 불리한 지형.

특히 활.

숨어서 공격하는 쪽은 방어하는 쪽을 공격하는 것이 비교적 쉽다.

그러나 방어하는 쪽은 반격하기가 어렵다.

첫째로 빽빽한 나무로 인해 시야가 확보되지 않을뿐더러 그 나무들이 그대로 방어물 역할도 하기 때문.

그렇지만 그것도 어느 정도 수준까지다.

높은 수준의 무(武)란 한계를 신장시켜 준다.

사방에서 쏘아지는 화살.

아이란은 말 등을 박차고 뛰어오르며 망토를 뜯어 그대로 한 바퀴 휘둘렀다.

리히트가 가득 담긴 망토는 그대로 바람을 일으키며 화살의 속도를 떨어뜨릴 뿐 아니라 방향도 엉망으로 만들었다.

결과적으론 아이란에게 도달하는 것은 처음과 비교도 되

지 않는 소수.

속도마저 떨어진 그것은 맨손으로도 잡기 충분하다.

그사이 말은 놀라 어디론가 사라졌다.

그렇지만 걱정은 되지 않았다. 똑똑한 놈이기에 주인이 부른다면 돌아올 것이다.

슈슈슈슈슈슈슈슉!

휘리릭—!

그 과정을 몇 번이고 반복했다.

아이란의 발밑에 수많은 화살이 널브러졌다.

적들도 통하지 않는 것에 포기했는지 화살 공격이 멈추었다.

샤라라락.

마침내 풀숲을 가르며 나오는 적들.

활을 메고 검을 들고 있는 가죽 갑옷을 입은 병사들.

수는 스물 정도.

얼굴만 보면 산도적이다. 그렇지만 그 몸에서 느껴지는 기운은 그렇지 않았다.

단순한 도적이 아니다.

훈련을 받은 정예 병사. 몇몇은 기사 정도의 힘을 가지고 있다.

"후후, 역시 당신이었군."

다른 이들과 달리 강철로 보강한 갑옷을 입고 있는 남자.

꽤 강한 기사 정도의 힘을 가졌다.

"너는……."

그의 얼굴을 본 아이란이 고개를 끄덕였다. 아는 얼굴이었다.

"샘슨."

"후후, 맞아."

샘슨.

첫 번째로 들른 마을의 바가지 여관의 주인.

그가 지금 아이란을 습격한 자들에 속해 있었다. 아니, 그들의 대장으로 보였다.

게다가 그의 옆에는 그 술주정뱅이 영감까지 거대한 도끼를 들고 있었다.

사실 여관에서 처음 보았을 때 의아하긴 했다. 기사 정도의 힘을 가진 이들이 여관을 운영하고 있다니. 그저 은퇴를 해 여관을 꾸리고 있는 것으로만 생각했다.

그렇지만 실상은 지금과 같다. 직감을 따른 게 나름 유효했던 셈이다.

여관은 위장이었다. 그럼 그 위장은 무엇을 위한 위장이었나.

이제 저들의 입을 통해 들을 시간이다.

"내 베이스캠프에서 야로스 자작의 아들에 대해 물었지? 그 후 다른 마을들에서 여행자가 나타나 야로스 자작의 아들에 대해 물었다고 연락이 왔지. 그때 나는 당신이란 것을 직감했다."

역시 너무 섣부른 행동이었나.

뭐, 지금 상황에서 후회해 봤자 도움 될 일은 없다.

지금 중요한 것은 이것을 어떻게 넘기느냐, 또 이용하느냐의 문제.

"그래, 그것은 내가 맞다."

"호오, 순순히 인정하는군. 그럼 묻겠다. 너는 누구지? 그락서스에서 온 끄나풀인가? 내 생각엔 그쪽인 것 같은데."

"글쎄, 어떨까?"

"후후, 자신감이 넘치는군."

"꿀릴 것은 없으니까. 그런데 너는 뭐지? 내가 그러한 것을 알아보고 있다고 습격까지 하다니?"

"비밀 유지는 중요하니까. 외지인에게 알려져서는 안 되지. 적어도 이 영지를 차지하기 전까지는 말이야. 아, 참고로 토마스 놈들은 네 덕분에 죽도록 얻어맞고 있다구."

토마스 일행에게 몇 초간 애도를 보낸 아이란.

"그럼 이왕 이렇게 된 것, 하나 묻도록 하지."

"뭐지? 어차피 대답해 줄 생각도 없다만."

"야로스 자작의 아들은 진짜 있는 것인가? 죽을 땐 죽더라도 그것은 알고 싶군."

"글쎄. 나도 잘 모르겠어."

"곧 죽을지도 모르는 나이지 않나. 가르쳐 주어도 될 터인데."

"아아, 악당들에 대한 책을 읽어보면 항상 그런 것을 지껄이던 놈이 패배해서 말이야. 나는 그런 악당이 아니라구."

"아쉽군."

"그래그래, 나도 아쉬워. 어쨌든 그럼 잘 가라고. 이놈들 몰골은 지저분하지만 그 실력은 만만치 않거든. 혹시 모르지. 네가 리히트를 사용할 수 있는 벨라토르라면 이길 수 있을지도. 아, 그럼 안 되는데?"

'절대 그럴 일은 없겠지만' 이라고 덧붙이는 샘슨이다.

그럼 아이란의 역할은 이제······.

'그 믿음을 철저히 부수어주는 것이지!'

"가라! 생포하는 것을 잊지 마!"

샘슨의 고함과 함께 달려드는 적들!

아이란은 들고 있던 망토를 그들에게 펼치듯 던졌다.

시야를 방해하는 망토가 다가오자 움찔하는 적들.

그 틈을 타 검을 뽑은 아이란이 무서운 속도로 쏘아져 나가 한 명의 팔을 베었다.

"크아아악!"

비명과 동시에 아이란의 검은 이미 다른 적을 향해 나아가고 있다.

그 속도는 과히 쾌풍!

그 외의 단어를 찾기 어려울 정도의 바람 같은 검 놀림이었다.

"으아악!"

"으억!"

순식간에 두 명이 더 비명을 질렀다.

이 모든 것이 바로 한순간.

순식간에 스물 중 세 명을 전투 불능으로 만들어 버렸다.

그렇지만 아직 적은 많이 남아 있다.

"이야아아아!"

"죽어라!"

검이 아이란을 찔러온다.

그것을 기묘한 몸놀림으로 피하는 아이란이다. 이 정도 공격에는 유성폭비행이니 비천공무보이니 하는 것은 오로라의 낭비일 뿐이다.

머리카락 한 올 차이.

언뜻 보면 적중당한 것 같지만 실낱같은 차이로 모두 피해낸 아이란이다.

"어엇!"

"으억!"

분명 적중당한 것 같은데 검에 걸리는 것이 없자, 놈들이 비명을 질렀다.

곧바로 아이란이 반격해 그들을 쓰러뜨린 것.

이제 쓰러진 이는 다섯.

총원의 사분의 일이나 되었다.

그 덕분인지 다른 이들은 함부로 달려들지 않고 떨어져 아이란을 포위했다.

"이익! 뭣들 하는 거야! 이래서 샘슨 용병단이라고 할 수 있겠어?!"

보다 못한 샘슨이 답답함에 분통이 터지는지 고함을 질렀다.

그와 함께 정체도 싸질러 주셨다.

"용병단?"

"그래! 우린 샘슨 용병단이다!"

아이란의 말에 이제 상관없다는 듯 샘슨이 소리친다.

"자! 가자! 이 새끼들아!"

"우와아아아아아!"

고함을 지르며 남은 이가 한꺼번에 달려든다.

"영감도 오라고!"

"킬킬, 살려만 놓으면 되는 거요?"

술에 취해 딸기코가 된 영감이 앞니가 빠져 흉측한 입을 씨익 벌렸다.

"그래, 죽이지만 마."

"알겠수!"

마지막으로 샘슨과 영감 역시 달려들었다.

저들은 리히트를 쓰진 못하지만 족히 4단계의 끝자락에 오른 벨라토르들.

경시할 상대가 아니었다.

아이란 역시 최선을 다해야 했다.

채채채채채채채채, 쾅!

수많은 검을 튕겨내던 아이란의 검이 도끼와 맞부딪쳤다.

바로 영감의 도끼.

절대 부러지지 않는 펜리르의 송곳니가 아닌 평범한 검이라면 단번에 부러졌을 힘이 담긴 일격이다.

"좋은 검이로구만!"

감탄을 토해내는 영감. 그러나 그 감탄은 명검에 대한 감탄이라기보단 저러한 검을 부술 수 있다는 희열에 가까웠다.

쾅! 쾅! 쾅!

도끼질이 계속된다.

검날을 타고 흘러들어 온 충격이 육체에 누적된다.

이러한 공격은 막아내는 것보다 거리를 벌리며 피해내는 것이 좋다. 그렇지만 적은 이 영감만 있는 것이 아니다.

포위한 적들이 검을 찔러오고 있기에 아이란은 물러나지 못했다. 그 도끼를 막아 팅겨내는 수밖에 없었다.

"크윽!"

그 틈을 토린 샘슨의 뾰족한 검이 아이란의 왼팔을 찔렀다.

다행히 근육이 크게 상한 것 같지는 않지만 매우 위험할 뻔했다.

사실 이 상황은 아이란이 리히트만 꺼내 들면 해결되는 상황이다.

오로라란 빛으로 된 절삭의 칼날은 무엇이든 베어버리니까.

그렇지만 아이란은 그러지 않았다.

요 근래 몽중쟁투 속에서 실력을 빠르게 늘려가고 있는 아이란.

그 묘리는 극한의 상황에서 자신의 잠재력을 끌어내는 것에 있었다.

아이란은 그 상황을 현실에서도 재현하고 싶었다. 지금이 좋은 기회였다.

웬만큼 위급한 상황이 아니면 리히트는 봉인해 둘 생각이다.

부우웅!

딴생각을 하는 사이, 다시 한 번 휘둘러진 도끼다.

저 무서운 도끼가 바람을 가르며 떨어지고 있다.

어떻게 해야 할까. 저 도끼를 막아야 할까?

만일 막는다고 하여도 저 꼬챙이와 같은 검을 들고 자신을 노려보고 있는 샘슨에게 공격을 받을 것이다.

그때, 아이란의 머릿속에 한 생각이 떠올랐다. 그리고 그는 그것을 즉시 실행으로 옮겼다.

아이란이 두 발로 땅을 거세게 박찼다. 그와 함께 검을 쥔 손을 뻗어 살짝 돌리고 왼손으론 검날을 받쳐 살짝 숙였다.

캉!

도끼와 충돌했다. 이번에도 소음은 났지만 전과 같은 무지막지한 충격음은 아니었다.

튕김.

도끼가 튕겨 나간 것이다.

그것은 모두 검을 비스듬히 세운 각도와 그것을 받치고 있는 양손 덕분.

도끼를 튕겨낸 아이란이 할 일은 이제, 하나뿐.

"커억!"

아이란의 거침없는 어깨치기에 정통으로 강타당한 영감이 튕겨 나갔다.

"영감!"

샘슨의 비명!

그러나 그렇게 소리를 지르고 있을 때가 아니다.

"으엇!"

그대로 아이란의 검이 샘슨을 크게 베어간다. 그것에 황급히 물러나는 샘슨.

그렇지만 그것이 끝이 아니다.

휘익!

바로 날아가는 발차기!

그에 담긴 힘은 결코 만만치 않았다.

"으악!"

샘슨은 겨우 그 발차기를 피해냈다. 그러나 아직 남았다.

발차기를 날린 힘을 동력으로 삼아 회전해 다시 한 번 날린 발차기!

투웅!

작렬!

그야말로 작렬이다.

가죽 터지는 소리와 함께 샘슨이 날려갔다.

트, 트트트특.

땅바닥을 구른 샘슨이 몸을 꿈틀거렸다. 일어나려 하지만 힘이 들어가지 않는다.

"크으……."

적 모두 샘슨이 저렇게 된 것에 놀랐다.

이것을 놓치는 것은 수치.

아이란의 발이 다시 땅을 박찼다.

그의 검날을 번뜩였다.

"크억!"

"캑!"

그의 검이 한 번 휘둘러질 때마다 혈향이 짙어지고, 땅에
짙은 색 잉크의 그림이 그려졌다.

땅이라는 거대한 도화지에 끝없이 그려지는 그림.

그림이 완성되는 데는 한 시간이 채 걸리지 않았다.

CHAPTER
5

리버스 카드를 세트하고 턴 엔드다.

—유희를 즐기는 사람

빛 한 점 들어오지 않는 울창한 숲의 한가운데.

대부분의 사람이 바닥을 뒹구는 이 현장에 멀쩡히 서 있는 이는 단 한 명뿐이다.

그의 이름은 당연히 아이란. 그는 자신의 밑을 내려다보았다.

"이제 말할 마음이 좀 드나?"

툭툭.

아이란의 발이 바닥에서 꿈틀거리는 한 생물체를 툭툭 쳤다.

"크으으……."

쓰라린 듯 신음을 내뱉고 있는 이, 그는 바로 샘슨이다.

아이란을 습격한 주범이다.

"일어나라구."

툭툭툭.

"크으! 그만 좀!"

"좀?"

툭툭툭툭.

"으아아아아아!"

비명과 함께 샘슨이 일어났다.

씩씩거리며 아이란을 노려보는 샘슨. 그에 대한 아이란의
반응은?

퍽!

"으악!"

발차기로 옆구리를 얻어맞은 샘슨이 다시 바닥을 뒹굴었
다.

툭툭툭.

"으어어어어어!"

샘슨이 비명을 지르거나 말거나 이제 용건을 꺼낼 시간이
다.

"야로스 자작의 아들이 정말 있나? 대답해 보도록."

"그, 그건……."

툭.

"커억! 없어! 없다구!"

"그렇다면 왜 야로스 자작의 아들이 있다는 행세를 했지?"

입을 다물고 있던 샘슨이지만, 아이란의 발이 올라가는 것을 보고 재빨리 입을 연다.

"뮤톤 백작이야."

뮤톤 백작?

"자세히 설명해 보도록."

"우리는 용병단이야. 주로 중부에서 활동하는데, 이번에 그락서스와의 전쟁에 참여했지."

뮤톤 백작이 그라나니아의 용병을 모조리 끌어모은 것은 익히 알고 있다.

"그락서스와의 전쟁이 허무하게 휴전되고, 뮤톤 백작은 용병들과의 계약을 해지했어. 그래서 우리 용병단은 돌아가려 했지. 그런데……."

"그런데?"

"돌아가려던 우리를 뮤톤 백작이 호출했어. 그리고 우리에게 비밀 의뢰를 맡겼지."

'아아, 그렇게 된 것인가?'

대충 예상이 갔다.

그락서스에 혼란을 일으키기 위해 샘슨을 야로스 자작의 아들로 위장시켜 투입, 그리하여 구 야로스 자작령에서 세력을 길러 반란을 일으키는 작전으로 짐작됐다.

혹 실패한다고 해도 그락서스의 분위기를 뒤숭숭, 엉망으로 만들 수 있으니 손해 보는 일은 없었다.

"우리에게 야로스 자작의 아들로 위장해 그락서스로 가 분탕질을 치라더군. 세력을 키워도 좋고 반란을 일으켜도 좋다고 했어. 어떻게든 그락서스를 혼란으로 몰아넣으라고. 돈은 얼마든지 준다더군."

역시 예상대로다.

퍽!

"악! 다 말했잖아!"

"맞을 짓을 했으니까."

"젠장!"

투덜거리는 샘슨을 바라보며 아이란은 생각했다.

'이제 이들을 어떻게 처리해야 할까?

다 죽여 버릴까?

'아니, 그것은 딱히 이득이 될 것이 없어.'

어떻게 활용해야 할까? 어떻게 이들의 가치를 골수까지 뽑아낼 수 있을까?

'아!'

아이란의 머릿속에 한 가지 생각이 났다.

최선이라고는 할 수 없지만 차선일 수는 있는 방법.

지금은 이 정도밖에 생각나지 않지만, 적어도 죽이는 것보단 이득이 되는 방법이다.

이들을 말라카 뮤톤 백작을 낚을 함정을 꾸리는 데 써야겠다.

"너희를 모두 죽여 버릴까 생각해 보았지만."

움찔.

"일단 살려는 두겠다."

그 말에 샘슨뿐 아니라 깨어난 다른 이들도 몸을 부르르 떨며 안심했다.

"그렇지만 내가 하는 말에 좀 따라주어야겠어."

"뭐, 뭐지?"

"너희는 이제까지와 같이 활동해라. 아니, 정확하게는 활동하는 척만 해라."

척을 강조하자, 샘슨은 바닥을 뒹구는 와중에 고개를 끄덕였다.

아이란의 생각을 이해한 듯.

"뮤톤 백작을 속이라는 것인가?"

"그래."

일이 척척 진행되는 것처럼 속여 뮤톤 백작을 방심시킨다.

게다가 잘하면 뮤톤 백작이 차후 진행하는 일에 이것을 변수로 쓸 수 있다.

예를 들어, 샘슨을 이용한 작전을 구상하고 실행을 했는데 샘슨이 작전대로 움직이지 않는다면?

작전은 실패가 된다.

"알았다. 그렇게 하도록 하지. 그런데 우리가 너를 배신하면 어쩌려고? 우리를 어떻게 믿지?"

샘슨의 말.

아이란이 살짝 의외라는 눈빛으로 바라보았다. 자신의 입으로 그런 말을 하다니.

"비밀 의뢰라고 하지 않았나. 그것을 어긴다면 어떻게 되지?"

아이란이 살짝 웃었다. 그와는 반대로 샘슨의 얼굴은 그만큼, 아니, 더 심하게 굳어졌다.

"뮤톤 백작과 용병 조합의 추격을 받겠지."

괜히 비밀 의뢰가 아니다. 성공한다면 취할 과실은 달콤하지만 실패하면 그 무엇보다도 쓰디쓴 것이 비밀 의뢰. 게다가 이 경우는 그냥 실패하는 경우도 아니고 의뢰 내용을 누설하기까지 했으니 두 세력에 의해 말살당할 때까지 추격당할 것이다.

거기다가 아이란은 한 가지 수단을 더 사용하려 한다.

"컥!"

발끝으로 샘슨의 명치를 찌른 아이란.

'도대체 왜?' 하는 눈빛으로 아이란을 바라보는 샘슨이다. 그나마 그에게 위로가 될 만한 점은 그만이 찔린 것이 아니라는 것.

"캑!"

"끅!"

"억!"

스무 명 하나하나 한 명도 빠뜨리지 않고 명치를 찔러준 아이란.

"방금 너희에게 내 오로라를 심어두었다."

그 말에 명치를 부여잡는 이들. 오로라를 느껴보려 하나 느껴질 리가 없다. 그냥 고통만이 남아 있을 뿐.

인간이란 실제로 경험해 보지 않고 자신의 눈으로 보지 않으면 믿음이 한없이 약해지는 법.

그에 확실한 것은 경험시켜 주는 것뿐.

딱!

아이란이 손가락을 튕겼다.

"으아아악!"

"으어어어어어어억!"

"캐애애애액!"

그 즉시 비명이 터져 나온다.

"우어어어어어어억!!"

특히 구슬프게 비명을 지르는 영감.

"그, 그마아아아안!"

참다못한 샘슨의 애원 섞인 고함에 다시 손가락을 튕기는 아이란.

그 즉시 그들의 고통은 멈추었다.

"헉헉!"

숨을 헐떡이는 이들을 바라보며 아이란이 입을 열었다.

"확실히 알겠지?"

고개를 끄덕이는 이들이다.

"앞으로 한 달 후 이 숲으로 다시 모이도록. 그렇지 않으면 다시 발작이 일어날 것이야. 그 발작 때 내가 없다면 그는 심장이 터져 죽겠지."

무시무시한 소리다.

"혹시라도 배신을 하려고 한 놈이 있으면 확실한 증거를 확보해 두도록. 그 배신이 진실로 증명되면 공을 세운 이는 해방시켜 주겠다."

그 말을 끝으로 아이란은 몸을 돌렸다.

이제 처음 예정했던 길을 가야 할 시간. 시간이 많이 지체되었다.

"휘익!"

아이란이 오로라를 실어 휘파람을 불었다.

잠시 후, 대지를 두들기는 말발굽 소리와 함께 아이란의 말
이 달려왔다.

말에 올라탄 아이란이 출발하려 할 때.

"잠깐!"

샘슨이 아이란을 멈춰 세웠다.

"뭐지?"

"대체……."

말꼬리를 흘리는 샘슨. 아이란은 그와 눈을 마주치며 기다
려 주었다.

"대체 당신의 정체가 뭐지? 그락서스 백작의 *끄나풀* 정도
는 절대 아냐. 대체 누구지?"

"글쎄, 그것은 스스로 알아보도록."

그 말과 함께 아이란은 고삐를 튕겼다.

말이 땅을 박차 앞으로 달려나갔다.

"영감."

"예."

"아마 그겠지?"

어느새 일어서 샘슨 옆으로 다가온 영감이 고개를 끄덕였
다.

"예. 이 그락서스에서 저만한 능력을 보이는 이, 그중에서도 젊은 놈이라면 아마 그가 틀림없을 겁니다."

영감의 긍정에 샘슨은 아이란이 달려나간 방향을 노려보았다.

"아이란 그락서스 백작……."

＊　　　＊　　　＊

샘슨과의 전투 이후 마을 하나를 더 들른 아이란은 노을이 지고 어둑해지고서야 야로스 시에 도착할 수 있었다.

그 후 역시나 펍과 여관업을 겸하는 곳으로 가 숙박을 하며 정보를 수집했다.

다음 날 다시 길을 나선 아이란은 하루 동안 야로스 자작령의 주요 마을들을 바쁘게 뛰어다니며 시찰을 진행했다.

그리고 이제 아이란은 구 야로스 령과 베르만 남작가의 경계에 도달해 있었다.

이번 순서는 베르만 남작령.

뮤토스와 로버트 남작이 있는 곳으로서, 야로스와 마찬가지로 산맥과 붙어 있는 곳이다.

야로스가 가지라면 이쪽은 본체와도 같은 곳이라 야만족이나 괴물들의 활동도 활발해 그것을 막기 위해 정병이 발달했다.

그야말로 그락서스의 방패라고 할 수 있는 곳이 이 베르만 남작령이다.

물론 그 방패라는 찬란한 명예 뒤로 수많은 피가 흘렀다는 것은 부정할 수 없다.

이 베르만 남작령의 구성원은 대부분 영지병과 그들의 가족.

수없이 병사가 죽어나가지만 다른 영지들과 같은 수준으로 항상 채워 넣어지기에 어느 집이나 병사는 한 명씩 꼭 있었다.

이것은 그락서스 령에서 살아가는 이라면 누구나 함께 나누어야 할 업보.

특히 아이란의 업보이다.

그에 아이란은 무거운 마음인 채로 경계를 넘어 베르만 남작령으로 넘어왔다. 그리고 부지런히 말을 달려 도착한 첫 마을.

느껴지는 분위기는 역동, 그리고 씩씩.

사람이 자주 죽어가는 곳이라 우울한 분위기를 예상했기에 아이란은 놀랐다.

말을 천천히 걷게 하며 마을 거리를 살폈다.

아이들은 개와 함께 뛰어다니며 놀고 어른들은 바쁘게 일하고 있었다.

식료품 등을 파는 가게들도 있지만, 그 무엇보다 많은 것은 바로 이들.

쉬지 않고 새빨간 쇠를 망치로 두들겨 검을 만드는 장인, 가죽을 손질하는 무두장이, 그 옆에서 그 가죽들을 엮어 갑옷을 만드는 이까지.

전체적으로 무구에 관련된 이가 압도적으로 많았다.

"흠……."

환경이 환경이라 그런가.

보통의 영지 대장간은 무기보다는 농기구 등을 생산하는 편이다.

그락서스 본령 역시 무기를 생산하는 것은 허가를 받은 곳한 곳을 제외하면 백작성 내의 대장간뿐.

'그런데 이곳은 널려 있군.'

하긴, 심심하면 괴물과 야만족들이 쳐들어오는 특성상 집집마다 무기를 보유할 필요가 있었다.

그렇지만 한 가지 걱정되는 것이 있다.

'반란이 쉬워지겠군.'

그렇다.

보통 영지민들이 반란을 일으킨다면 그들 대다수는 목창이나 농기구 등으로 무장한다. 무기의 수급을 영주가 통제하니 당연한 일이다.

그러나 이곳은 이러하니 당연히 반란이 발생할 시 반란군의 무기 수급이 쉬워진다.

'뭐, 베르만 남작가가 잘 통솔하겠지.'

사실 이러한 문제는 잘 알고 있었다.

베르만 남작가에서 그락서스에 매번 영지 내 공방의 수와 무기 생산을 보고하고 허락을 받기 때문이다.

이제까지 문제없이 잘해온 베르만 남작가다.

만일의 사태가 반드시 일어나지 않는다는 것은 아니지만, 지금까지 잘해온 만큼 믿음을 주어도 될 듯하다.

시내를 걸으며 분위기를 살피는 사이, 여관들이 모여 있는 거리에 도달했다.

호객 행위를 하는 이들이 아이란에게 다가왔다.

고삐를 잡으려는 이, 짐을 들려는 이.

아이란은 아무런 의사 표시도 하지 않았건만, 그를 각자의 여관으로 끌고 가기 위해 노력한다.

"헤헤, 저희 여관으로 가시죠. 편안한 잠자리와 맛 좋은 식사가 기다리고 있습니다."

"아닙니다. 저놈의 말은 순 거짓말입니다. 저 여관은 지옥불 수프 같은 걸 팔아 여행자들을 등쳐먹고 사는 아귀 같은 곳입니다. 저희 여관으로 가시죠."

"뭐야? 이 자식이!"

"내가 뭐 틀린 말 했냐! 네 여관의 음식들은 살인 도구다!"

"그래, 오늘 그 살인 도구 맛 좀 한번 봐라!"

순식간에 싸움이 난다. 다른 이들은 말릴 생각을 하지 않고 응원까지 하며 부추겼다.

베르만 령의 특성상 호전적인 분위기가 작용한 면이 큰 것 같다.

어쨌든 고개를 절레절레 젓게 만드는 혼란스러운 상황.

그때, 아이란의 눈에 띄는 한 인형.

이 혼돈 속에 끼어 있으면서 홀로 평온을 유지한 채 아이란을 바라보고 있는 소녀다.

소녀 역시 호객 행위를 하러 온 듯 보인다.

아이란은 소녀에게 말을 걸었다.

"네 여관으로 가자."

소녀는 조용히 고개를 끄덕인 후 아이란의 고삐를 잡아 이끌었다.

"어, 손, 손님!"

"저희 여관으로 가셔야죠!"

그들의 외침을 뒤로한 채 아이란이 도착한 곳.

그곳은 여관 거리의 끝에 위치한 허름한 여관이었다.

인기척을 느낀 것인지 문을 열고 한 남자가 나타났다.

인상이 좋은 얼굴에 입고 있는 복장을 보니 이 여관의 주인인 듯싶었다.

"소피, 이제 오니? 어디 갔다 왔니?"

"손님이에요, 아빠."

"아, 손님을 데리고 왔구나. 어서 오세요. 어서 안으로 들어오세요. 말고삐는 이리 주시죠."

아이란이 말고삐를 건네주자, 남자는 말의 갈기를 쓰다듬었다.

"좋은 말이로군요. 북방마 중에서도 멋진 말입니다."

"돈은 신경 쓰지 않을 테니 곡식을 섞어 좋은 먹이를 주도록 하시오."

"예, 알겠습니다."

아이란이 소녀와 함께 여관 문을 열고 들어갔다.

"엄마, 손님이 왔어요."

소녀 소피가 주방을 향해 이야기하자 한 여성이 주방에서 나왔다.

그녀 역시 인상이 좋은 여성이었다.

"어서 오세요. 아직 식사 전이시죠? 잠시만 기다리세요. 바로 내오겠습니다."

그사이 소피가 카운터로 들어간다.

"얼마나 묵으실 건가요? 방은 전부 일 인실이에요."

"하루 정도 묵을 생각이란다."

"네, 1에니예요. 술 같은 것은 값을 받지만, 기본적인 식사는 방값에 포함되어 있어요."

에니는 페니보다 낮은 화폐 단위로 10에니가 1페니 정도 되었다.

샘슨의 여관에서 지불한 1페니는 바가지 중에서도 바가지였다. 1에니라면 너무 낮지도 높지도 않은 적당한 금액이다.

아니, 식사까지 포함되어 있는 것을 볼 때 싼 축에 든다.

"여기."

아이란이 1페니를 건네자, 소피가 남은 잔돈과 함께 방의 열쇠를 준다.

"5번 방이에요. 위층으로 올라가서서 중앙에 보시면 있을 거예요. 짐을 내려두고 바로 내려오세요."

"알았다."

위층으로 올라간 아이란은 금방 5번 방을 찾았다. 소녀의 말대로 복도 중앙에 위치해 있다.

문을 열고 들어가 보니 깔끔한 방이 아이란을 맞는다.

그 정도면 보통의 괜찮은 여관과 비슷한 수준이나, 깨끗하게 정돈된 침구에선 미약하나마 꽃향기가 나는 등 고급 여관 못지않았다.

적당히 작은 탁자 위에 짐을 올려둔 아이란은 외투를 벗어

걸어둔 뒤 일 층으로 내려갔다.

"오! 방은 마음에 드셨습니까? 여기 앉으시죠."

주인 남자가 벽난로와 가까운 자리로 아이란을 안내했다.

"아참, 그러고 보니 제 소개를 드리지 않았군요. 이미 짐작
하고 계시겠지만 이 여관의 주인인 콜드먼입니다. 저기 구석
에서 졸고 있는 아이는 제 딸인 소피이구요."

"저는 그의 부인 마리아랍니다."

"하하, 맞습니다. 이 어여쁜 여인이 바로 제 아내 마리아
죠."

달그락.

마리아가 테이블 위에 음식들을 올려놓았다.

고기 건더기가 그럭저럭 보이는 수프와 따뜻하게 데운 보
리빵.

물에 담가두어 파릇함을 살린 후, 깔끔히 물기를 털어내 질
좋은 기름과 소금으로 간을 한 샐러드.

역시나 소금과 후추로 깔끔하게 맛을 낸 닭의 넓적다리 스
테이크.

정성이 가득 들어간 진수성찬이다.

"잘 먹겠습니다."

수프를 한 숟가락 떠 입에 넣어보니 진한 고기 국물이 속을
든든하게 해주었다.

아이란이 보리빵을 뜯어 수프에 적셔 입에 넣으려는 순간.

쾅!

문이 거친 소리를 내며 열렸다.

모두의 시선이 저절로 입구를 향한다. 그리고 그곳을 바라본 콜드먼과 마리아의 시선이 굳어졌다.

그곳에는 문을 손이 아닌 다른 것으로 연 것을 뽐내듯 발을 들고 있는 사내와 그를 따르는 듯한 사내 몇 명이 더 있었다.

특이한 것이 있다면 모두 머리에 검은색 모자를 쓰고 있다는 점.

"여어, 식사 중이셨나?"

껄렁껄렁한 목소리의 사내가 흉측한 미소를 지으며 말을 이었다.

"맛있는 것 있으면 이웃과 같이 나눠 먹어야지. 그렇지 않으면 벌을 받는다구."

키득키득.

뒤의 사내들이 그 말에 웃는다. 그들 역시 흉측한 미소를 짓고 있다.

저벅저벅.

사내들이 테이블로 다가왔다. 그 모습에 콜드먼과 마리아는 벌벌 떨며 땅을 바라보고 있다.

탁자에 팔을 괴고 꾸벅꾸벅 졸고 있던 소피는 소음에 깨어나 그 원인인 그들을 바라보며 눈시울이 붉어졌다.

"히야? 맛있는 것 먹고 있네?"

덥석.

사내가 손으로 닭다리를 잡아 물어뜯었다.

"형씨, 불만 없지?"

아이란에게 말을 거는 무뢰한.

질겅질겅 고기를 씹으며 말을 하니 부스러기가 다 튀어나온다.

"이분들은 누굽니까?"

아이란이 콜드먼과 마리아를 향해 물었다.

"나? 이 여관 손님. 정확히는 손님이었지."

씨익.

'내 말이 맞지?' 란 표정으로 미소를 짓는 무뢰한.

콜드먼이 벌벌 떠는 목소리로 말했다.

"몇 주간 장기 투숙하신 손님들입니다. 계속 묵으시다가 마지막 날 방에 놓아두었던 물건이 없어졌다며 저희보고 물어내라고… 물어내지 않으면 숙박비도 주시지 않겠다고."

콜드먼의 말에 다시 키득거리는 무뢰한들이다.

"잘 알았지? 댁도 어서 이곳에서 나가. 여기 참 안 좋은 곳이야."

"잃어버렸다는 것이 뭡니까?"

"내게 한 말이야? 그럼 답해줘야지. 바로 내 속옷."

"……"

겨우 속옷 하나 때문에 이러한 난리를 친단 말인가? 또 이 여관은 그런 속옷 값을 물어줄 돈도 없고?

아이란의 얼굴에 황당한 표정이 나타났다.

"그런 표정으로 보지 말라구. 무려 금실로 짠 데다가 다이 아몬드를 박아 넣은 속옷이니까."

"……"

이건 또 무슨 개소리인가.

아이란의 표정에 황당함에 황당함이 더해졌다.

"그 속옷 값이 일만 페니인데, 일천 페니만이라도 갚으라 고… 그런데 저희는 일천 페니는커녕 일백 페니를 갚을 돈도 없습니다."

그러한 돈이 있다면 당장 이 허름한 여관부터 보수했을 것 이다.

"그러면 이 여관을 우리 '검은 모자 형제단'에게 넘기라니 까."

"……"

목적은 그것이었나.

이 여관을 강탈하기 위한 치졸한 수작.

'음? 그런데 검은 모자 형제단이라……. 왠지 익숙한 이름

이군.'

낯설지 않았다. 분명 기억 속에 있다.

'아!'

머리를 굴려본 아이란은 검은 모자 형제단에 대해 기억해
냈다.

용병!

뮤톤 백작가와의 전쟁을 위해 그락서스에서 고용한 중부
대륙의 용병단 중 하나이다.

그리 평이 좋지 않는 곳이었지만, 하나의 손이라도 아쉬운
그락서스의 사정상 고용했던 용병단.

그 용병단을 여기서 만날 줄이야.

게다가 그 용병단은 중부로 돌아가지 않고 이곳에서 행패
를 부리고 있었다.

"자자, 그래서 1천 페니를 보상할 거야, 아니면 이 여관을
넘길 거야?"

"그, 그런 큰돈은 없습니다."

"그럼 이 여관을 넘기면 되겠네. 허름한 여관이긴 하지만
우리가 대인배의 자비로 너그럽게 넘어가 주지."

"그, 그렇다면… 우리 가족은 길거리에 나앉게 됩니다."

"그럼 어떡할 거야?!"

와장창!

사내가 테이블을 걷어찼다. 테이블이 쓰러지고, 식기와 음식들이 바닥에 뒹굴었다.

"……."

아이란의 표정이 굳었다.

"이봐, 분위기 파악은 되었겠지? 팔다리 하나 떨어져 나가고 싶지 않으면 빨리 꺼져!"

사내가 아이란에게 으름장을 놓았다.

"싫다면?"

아이란의 말에 사내의 얼굴이 더욱 험해진다.

"뭐야?!"

덥석.

아이란의 멱살을 잡는 사내.

"으아앙!"

그 모습을 본 소피가 울음을 터뜨렸다. 그 울음에 아이란의 표정이 더욱 굳어갔다.

이 사내들은 모를 것이다. 지금 이것으로 그들이 저승행 급행 마차를 탔단 사실을.

아이란이 멱살에 잡힌 채 여관 주인 부부에게 말했다.

"이 녀석들의 행패, 관리들에게 고발하지 않았습니까?"

"그게… 관리들은 이러한 일은 받아주지 않는다며… 정당한 사유이니 돈을 갚으라 하더군요."

그에 의기양양해하는 검은 모자 형제단이다.

저 모습을 보니 확신할 수 있었다. 뇌물을 먹였거나 관리 역시 협박을 하고 있는 것이 틀림없었다.

그렇다면 이제 어떻게 해야 할까?

응징을 해야 할 시간이다.

"응?"

아이란이 멱살을 잡고 있는 손을 부여잡았다.

"이거 안… 으아아아아아아악!!"

아이란이 힘을 주자 사내가 비명을 질렀다.

"으아아아아아악!! 놓아! 놓으라고! 놓아아아아!!"

"놓아달라니 놓아드리지."

아이란이 손을 놓자 사내는 털썩 주저앉았다.

"끄으으으윽!!"

아이란에게 잡힌 팔을 부여잡고 있는 사내. 그가 소리쳤다.

"뭣들 하고 있어! 어서 죽여 버려!!"

깜짝 놀라 있던 다른 사내들이 그의 말에 칼을 뽑아 들고 달려들었다.

그에 아이란은 바닥에 뒹굴고 있던 포크와 나이프를 발로 차 튕겼다.

"크악!"

"억!"

제일 선두에서 달려오는 이들에게 바로 쏘아지는 식기들.

포크와 나이프에 가슴이 찔린 이들이 비명을 질렀다.

아이란은 그대로 전진하며 가슴에 꽂힌 나이프를 다시 뽑아 다른 이들이 휘두르는 검을 막았다.

챙! 채챙!

진검에 비하면 장난감과 같은 나이프지만, 아이란의 손에 잡힌 이상 그 효용 가치는 신검과 같다.

챙! 채채채챙!

아무리 커다란 검이 덤벼도 그 조그마한 나이프를 뚫지 못했다.

도리어 그 나이프가 장검을 뚫고 공격을 해온다.

"캑!"

"컥!"

"으악!"

"억!"

마침내 모든 사내가 쓰러졌다.

"바닥 청소하기 힘들겠군."

바닥을 뒹구는 사내들을 바라보는 아이란의 감상평이다.

*　　　*　　　*

칼이 부딪치는 소음이 퍼지니 누군가 신고를 했나 보다.

잠시 후, 경비대가 들이닥쳐 아이란을 둘러쌌다.

사건의 가해자로 아이란을 체포하려는 것.

아이란을 빼고 다른 이들은 바닥을 뒹굴고 있으니 그럴 만
도 했다.

그렇지만 여관 주인 부부가 상황을 해명하자 경비대는 아
이란에게 몇 가지 물은 뒤 사과를 하고는 바닥에 쓰러져 있는
검은 모자 형제단을 오랏줄로 꽁꽁 묶어 압송했다.

"사실 저희도 이 녀석들이 마음에 들지 않았습니다. 조용
하던 마을을 난리법석으로 만들어놓은 놈들이라 잡아넣을 기
회만 보고 있었지요. 마을의 관리에게도 뇌물을 먹인 터라 기
회를 잡지 못하고 있었는데 이렇게 잡게 되었군요."

"음. 관리들이 이 여관 주인에게 돈을 갚으라고 한 것은 어
떻게 되는 것이오? 게다가 이놈들과 결탁한 그 관리가 풀어줄
수도 있지 않소?"

아이란의 물음에 경비대원이 빙긋 웃는다.

"이놈들의 죄목은 재물 파손도 파손이지만 귀하에 대한 살
인 미수로 처넣을 생각입니다. 아마 몇 년은 썩어야겠지요.
그렇지 않아도 요즘 산맥의 벌목장에 인원이 부족하다는데
그곳으로 갈 것 같습니다."

그 말에 아이란은 다행이라는 듯 고개를 끄덕였다. 그 모습을 본 대원이 말을 덧붙였다.

"뭐, 나중에 풀려나 복수를 한답시고 날뛸 수도 있겠지만 그것은 그때 가서 생각해도 늦지 않을 것 같습니다. 돈을 갚는 것에 관해서는 제가 알아서 처리해 놓겠습니다. 여관의 피해가 족히 일천 페니는 넘게 나왔고, 그것에 관해 샘샘 처리한 것으로 하면 별문제 없을 겁니다. 게다가 요즘 백작께서 직접 암행을 한다는 소문이 도는 터라 관리도 무어라 말하지 못할 것입니다."

'이런. 소문이 벌써 퍼졌나.'

추후 행보에 지장을 줄 수도 있는 사안이다. 그렇지만 지금 아이란에게 중요한 것은 그것이 아니었다.

전쟁.

평원에 엄청난 시체가 쌓이는 것은 막았지만 후유증이 만만치 않다.

지금 이 여관 주인뿐 아니라 다른 이들 역시 후유증에 고통받고 있을지 몰랐다. 이것은 엄연히 아이란의 실책이다. 결국 저들 용병단을 끌고 온 것은 그를 비롯한 영지 수뇌부의 판단이었으니 뒤처리도 생각해 두었어야 했다.

암행을 끝낸 뒤 그락서스 전역에 걸쳐 치안을 강화하고 최근 억울한 사례 등을 조사하여 진상을 밝혀야겠다고 아이란은 생각했다.

그 후 모두 함께 난장판이 된 여관을 정리하고 다시 식사 시간을 가졌다.

밤 동안 편안한 잠자리에서 하룻밤을 보낸 아이란이 다음 날 아침을 먹고 여관을 나서려 하자 콜드먼이 사례금이라며 주머니를 주었으나, 아이란은 당연히 사양했다.

몇 번의 시도에도 끝끝내 사양하자 콜드먼과 마리아는 노선을 돌려 여행 중 먹으라며 도시락과 간식 등을 한가득 싸주었다.

그렇게 여관을 떠난 아이란은 그들의 정성으로 배를 채우며 베르만 남작령의 마을들을 돌아다녔다.

그리고 마침내 산맥과 최경계의 마을에 도착했다.

목책으로 둘러싸인 마을은 이제까지의 베르만 남작령과 달리 분위기가 좋지 않았다.

슬픔과 불안, 공포가 버무려진 분위기를 온몸으로 체감하며 이곳저곳 둘러보고 있는 그때.

그는 그 원인을 찾았다.

높게 째진 비명.

"야만족이다아!! 야만족이 쳐들어온다아아아아아!!"

"······!"

급박한 상황이다.

들어서며 볼 때 이 마을엔 주둔 중인 병사가 얼마 되지 않았다.

많아야 오십 정도. 경비병과 합치면 육십 정도 될 것이다.

보통의 마을보다 훨씬 많은 수이지만, 지금의 상황에선 적은 감이 없지 않았다. 아니, 확실히 적었다.

야만족의 규모가 일백만 되어도 막기가 쉽지 않을 것이다.

대체로 겨울의 습격은 산맥 안 야만족끼리 연합하여 일이백 정도의 수가 쳐들어오는 것이다. 이쪽 지방에서는 흔한 일이었다.

어쨌든 가만히 두고 볼 수는 없는 일이다.

아이란은 말을 돌려 채찍질을 했다.

말을 달리고 달려 순식간에 목책 입구에 도달했다.

병사들이 목책의 문을 닫고 있었다. 문이 거의 닫힌 상황.

"잠까아아안!!"

"뭐, 뭐야!"

대꾸해 줄 사이도 없이 아이란이 살짝 닫히지 않은 틈을 통해 순식간에 목책 밖으로 나왔다.

"미, 미친놈아! 돌아와!"

돌아오라는 병사들의 말은 무시.

그는 목책 앞에서 말을 멈추고 전방을 주시했다.

기마들이 시커멓게 먼지구름을 일으키며 달려오고 있다.

눈을 가늘게 뜨며 집중해 바라보니 몸을 얼기설기 이은 가죽옷으로 둘러싼 야만족들이다.

그 수는…….

'일이백은 절대 아니군.'

언뜻 보아도 오백은 되어 보인다.

한두 개의 부족이 아닌, 족히 열 정도의 부족이 연합해 습격해 오고 있는 것이 틀림없었다.

삭풍의 계절(The north wind of winter).

먹이를 찾아 괴물과 야만족이 산을 내려오는 시기.

그 악명에 걸맞은 엄청난 수다.

'힘든 싸움이 되겠군.'

이기려면 이길 수는 있을 것이다. 그러나 아이란 역시 무사하지 못하리라.

인간이 아무리 강하다고 해도 숫자의 힘 앞에선 무력하니까.

그것에서 벗어나는 것은 스스로 인(人)을 초월(超越)하거나, 초월(超越)의 힘을 아군으로 끌어들이는 것뿐.

그리고 아이란은 그 초월의 힘을 가지고 있었다.

'로물루스.'

그를 불러야 하나?

그렇지만 그날의 맹세가 있지 않은가.

위기라면 위기이지 않은가. 그를 소환하여야 할 때이다.

그것은 정말 생명이 위험할 때이지 않나.

아이란의 머릿속에서 여러 목소리가 충돌했다. 그들은 서로 다투고 자신의 결론을 아이란에게 밀어붙였다.

'시끄러. 내가 알아서 결정한다.'

결국 아이란이 낸 결론은.

'소환하지 않는다. 내가 죽기 직전이지 않는 한 소환하지 않고 내 한계를 시험한다.'

그렇다면 이제 움직일 차례.

아이란이 검을 뽑아 들었다.

그의 검에서 아지랑이가 피어올라 검에 덧씌워졌다.

마침내 형성된 모양은 검을 감싸는 반투명한 리히트의 창.

펜리르의 송곳니가 전쟁에서 가장 효율적인 무기인 창이 되었다.

두두두두두두두두두!!

야만족들이 목책에 가까워졌다. 그들의 말발굽 소리가 계속 커진다.

이제 달릴 시간이다.

두두두두두두두두두두!!

두두두두두두두두두두두두!!

아이란의 미간이 살짝 찌푸려졌다.

말발굽 소리가 섞였다.

'뭐지?'

그의 감각에 의하면 두 그룹. 두 무리가 말을 달리고 있었다.

한쪽은 저 말을 달리고 있는 야만족, 다른 한쪽은…….

"아!"

고개를 돌리던 아이란이 탄성을 질렀다.

달리고 있다.

검과 방패를 들고 있는 기사의 갑옷이 달리고 있다.

푸른 하늘을 배경으로 삼아 기사가 달리고 있다.

"베르만!"

그렇다.

베르만 가문.

푸른 배경에 검과 방패를 든 기사의 갑옷. 베르만 가문의 문장이, 깃발이 달리고 있었다.

그 깃발을 달고 있는 사람은 아이란 역시 익히 알고 있는 이!

"뮤토스!"

그렇다!

뮤토스!

베르만 가문의 차기 주인인 그가 말을 달리고 있었다.

그 뒤를 베르만 가문의 기병대 일백이 따르고 있었다.

그것은 장관!

야만족들도 베르만 기병대를 발견했는지 말발굽 소리에서 웅성거림이 느껴졌다.

그들의 속도가 하락하고, 마침내 야만족들이 멈추었다.

베르만 기병대 쪽으로 몸을 돌리려는 것.

그리고 그것은 크나큰 실수!

크나큰 실수는 다시는 되돌릴 수 없는 절망을 만들었다.

한 번 멈춘 기병대는 추스르는 데 시간이 꽤 걸린다. 아무리 정예 기병대라 하더라도 그것은 피할 수 없는 것.

게다가 그 후 말을 달린다고 하더라도 충분한 가속이 붙을 때까지 적들이 기다려 줄까?

그것은 아니올시다이다.

적들의 입장에서 그것은 바로 잘 차려진 먹이! 놓칠 리가 없었다.

그리고 그것은 지금 이 전장에서 실현되었다.

콰콰콰콰콰콰!

가속이 덜 된 야만족과 최고조로 가속된 베르만 기병대가 충돌했다.

넓게 퍼져 있고 속도가 느린 야만족들.

뾰족한 송곳 대형에 최고 속도인 베르만 기병대.

승리는 어느 쪽인지 불 보듯 뻔했다.

콰콰콰콰콰콰!

순식간에 야만족의 무리가 둘로 쪼개졌다. 관통하고 나온 베르만 기병대는 절묘한 기마술로 방향을 전환, 혼란스러운 양쪽 무리를 옆면에서 다시 찔렀다.

두 무리는 네 무리가 되었다.

송곳의 최선두에서 뮤토스가 용맹하게 지휘하는 모습을 본 아이란은, 살짝 미소를 지었다.

이곳, 안심해도 된다.

더 이상 보지 않아도 결과를 알 수 있었다.

아이란은 검을 집어넣고 말을 돌렸다.

베르만 령은 이제 끝이다. 이제 르아닌 령으로 향할 시간이다.

CHAPTER
6

절대왕정과 기독교로 구성된 기득권 체제를 전복시키려던 비밀 결사 단
체.

—일루미나티(Illuminati)

"대공 각하, 슐레스비히 공작과 브라간사 공작께서 방문하셨습니다."

푸른 하늘과 화창한 햇볕 속, 정원에서 다과를 즐기며 책을 읽고 있던 호엔촐레른 대공은 집사의 보고에 빙긋 웃었다.

"어서 이곳으로 모시게."

"예."

잠시 후, 하녀들의 인도에 따라 두 명의 남자가 들어왔다.

청년이라고 칭하기엔 살짝 나이가 들었지만 그렇다고 중년이라고 하기엔 젊은 이들이다.

"오랜만에 뵙겠습니다, 대공."

"저 역시 마찬가지입니다. 그동안 잘 지내셨는지요?"

두 공작의 인사에 호엔촐레른 대공은 너털웃음을 터뜨렸다.

"하하, 두 공작의 염려 덕분에 잘 지냈습니다. 어서 앉으시지요. 여봐라, 무엇들 하고 있느냐. 어서 이 두 공작께 차를 올리도록 해라."

하녀가 조용히 다가와 향긋한 차를 두 공작에게 올렸다.

"좋은 차로군요. 과연 대공답습니다."

"허허, 감사합니다. 그런데 오늘은 어떤 일로 오셨습니까?"

"하하, 대공께 차를 얻어 마시며 세상 돌아가는 이야기를 좀 하려고 왔습니다."

"그렇군요. 그래, 너희는 물러가거라. 내 두 공작과 긴히 이야기를 나눌 것이다."

호엔촐레른 대공이 하인들을 물렸다.

이 정원에는 이제 세 사람만 남았다.

"후후."

나직한 호엔촐레른 대공의 웃음. 그와 동시에 분위기가 급변했다.

조금 전까지 친우를 만나는 듯한 온화함은 칼같이 도려내고 오로지 냉담함만이 장내에 돌았다.

"슐레스비히."

"예."

"브라간사."

"예."

마치 부하를 대하는 것 같다. 아니, 실제로 이 모습은 부하를 대하고 있는 모습이다.

"내가 왜 너희를 불렀을 것 같나?"

"그건… 잘 모르겠습니다."

"저 역시 마찬가지입니다."

호엔촐레른 대공의 입가에 미소가 돌았다. 그것은 더없이 따뜻한 미소이나 보는 이를 섬뜩하게 했다.

"사르돈이 죽었다."

"……!!"

"…그, 그게 무슨 말씀이십니까! 사르돈! 광기의 날개 사르돈 로드리게즈가 죽다니요!"

슐레스비히 공작이 비명을 질렀다. 그만큼 충격적인 일이었다.

"후후, 너희는 그와 얼굴을 붉히는 관계 아니었나?"

"그것과 이것은 다른 문제입니다! 날개가 죽다니……."

"슐레스비히의 말이 맞습니다. 주인이시여, 대체 어떻게 된 일입니까? 사르돈이 죽다니. 그라나니아에 지진이라도 일어났습니까? 혹 신이 화산이라도 폭발, 벼락이라도 내리쳤습니까?"

날개는 천재지변이 아닌 이상 어지간해서 죽지 않는다. 아니, 천재지변에도 죽는다는 것은 상상할 수도 없다.

"아니. 그라나니아엔 지진도, 화산도, 벼락도 아무런 일도 일어나지 않았다."

"그렇다면 대체……!"

"사람에게 죽었다."

"사람이라니! 누구입니까?"

"그거야 나도 모르지. 내가 느낄 수 있었던 것은 사르돈이 살해당했다는 것뿐."

"…정말이군요."

"그렇다면 저희를 부르신 것은?"

호엔촐레른 대공의 미소가 짙어진다.

"그라나이아로 가라. 거기서 사르돈 로드리게즈를 살해한 인물, 혹은 단체를 찾아라."

"알겠습니다."

"가라, 권위와 오만이여."

"모든 것은 주인의 뜻대로."

권위와 오만의 날개.

대륙의 어딘가에서 그라나니아로 두 날개가 향했다.

거대한 위험의 날개가 그라나니아를 감쌌다.

*   *   *

베르만 령을 떠나, 아이란은 르아닌 령에 도달했다.

르아닌 령은 산맥과 맞닿아 있는 야로스, 베르만과 달리 바다와 닿아 있는 곳. 때문에 그락서스 령에서 비교적 풍요로운 곳에 속했다. 그렇기에 분위기도 꽤 활기찼다.

덕분에 아이란은 르아닌 령은 사건사고 없이 평안하게 넘어갈 수 있었다.

이제 향할 곳은 버켄 영지.

그락서스에서 제일 폐쇄적이고 비밀에 싸인 곳.

이제 그 비밀의 땅을 살필 시간이었다.

과연 무엇이 아이란을 기다리고 있을까?

'무엇 하나는 건질 수 있을 것 같군.'

막연한 예감.

그러나 확신이 든다.

아이란은 버켄 남작령에서 무엇인가 하나는 꼭 얻을 수 있을 것이다.

르아닌 영지를 뒤로하고 마지막으로 향한 곳. 드디어 버켄 영지에 도착했다.

첫 느낌은 다른 영지와 별다른 차이가 없었다.

첫 마을에서도 둘째 마을에서도 흔하디흔한 느낌이다.

딱히 문제점이라고 할 만한 것도 없었다. 그렇게 결국 버켄 가문의 근거지가 있는 영도에 닿았다.

버켄 가문은 그락서스나 야로스처럼 성이 아닌, 수도의 중앙 가문들처럼 저택을 짓고 살았다.

어쨌든 그것은 지금과 상관없는 이야기.

아이란은 여관에 방을 잡아 그곳에 말을 맡겨두고 도시의 거리를 배회했다.

남작령에서 제일 큰 도시답게 본령이자 백작령 전체의 수도인 하나딜보단 작았지만 꽤 큰 규모.

"괜찮군."

주택가를 둘러본 아이란의 감상이다. 청결도도 괜찮았다. 도시에 흔히 있는 오물도 흐르는 수도를 통해 깨끗이 처리하는 등, 여러 발상이 도시의 품격을 높여주었다.

"하나딜에 적용하는 것도 괜찮을 것 같아."

하나딜은 주민들이 가구에서 배출되는 오물을 한곳으로

모아 오물 더미를 형성한다. 그렇게 형성된 오물 더미는 일정 수수료를 받고 처리해 주는 업자들이 강에다가 가져다 버린다. 당연히 수수료는 주민들이 감당한다.

그렇다면 하나딜 시도 수로를 만들면 어떨까?

주민들의 편의도 편의이거니와 세수를 증대시킬 수도 있을 것이다.

"흠. 그렇다면 업자들이 실직하겠군. 다른 방법은 또 무엇이 있을까?"

듣기론 그것을 이용해 농작물의 소득을 증진시키는 방법이 있다고 들어 시도해 보았지만 실패했다.

그냥 가져다 뿌리는 것이 아닌 어떠한 비전이 있는 듯했다.

"고민해 봐야겠군."

그다음으로 향한 곳은 시장 거리.

물건을 팔기 위해 모인 상인들과 사기 위해 모인 사람들.

남작령의 가장 큰 도시답게 온갖 물건을 다 팔고 있었다. 아이란은 그것들과 사람들을 구경하며 걸음이 닿는 대로 발걸음을 옮겼다.

그러던 어느 순간, 그의 코에 어떤 냄새가 침입했다.

"음!"

고소하고 구수하며 달콤하며 매콤한 향기.

발걸음이 닿는 대로 이동하다 보니 어느새 음식을 파는 수

레가 가득한 음식 구역에 도착했다.

여관이나 식당 등에서 먹는 것과 다른 길거리 음식. 바로 이 영지의 맛을 모습 그대로 보여주는 음식들이다.

이런 것을 빠뜨린다면 여행이라고 할 수 있는가.

지금 이 순간의 아이란은 염불보다는 잿밥에 관심이 더 많았다.

"음?"

여러 음식을 둘러보던 아이란이 한 수레 앞에 멈추어 섰다.

"헤헤, 거기 의자에 앉으시지요. 찾으시는 것이 있습니까? 뭐 제가 파는 것은 한 가지밖에 없지만 말입니다."

"하얀 소시지라……. 이것은 처음 보는군."

보통 소시지는 붉은색 계통이다. 그러나 지금 아이란의 앞에 쌓여 있는 이 소시지는 하얀색이었다.

"제가 개발한 것입니다. 보기에는 좀 요상하겠지만 그 맛은 정말 뛰어나 백작님도 극찬하시는 맛입니다!"

"백작님도?"

자신이 이 소시지를 먹어본 적이 있던가? 아니면 다른 백작을 말하는 것일까?

"헤헤, 말이 그렇다는 것이지요. 그만큼 맛있다는 뜻입니다."

이 남자는 그의 앞에 그 백작이 있다는 사실을 알고 있을까?

아마 안다면 너무 놀라 그 자리에 주저앉을 것이다. 그리고 그 얼굴엔 공포가 가득하겠지.

"그럼 하나 주시오."

"알겠습니다. 바로 데쳐 드리지요."

"굽지 않는군."

"헤헤, 송아지 고기로 만든 이 소시지는 데쳐 먹는 것이 가장 맛있게 먹는 방법이지요."

그러면서 뜨거운 물에 소시지를 풍덩 빠뜨렸다.

"중요한 것은 절대 끓는 물에 데치면 안 된다는 점이지요. 돼지 창자로 만들었기 때문에 터져 버리거든요."

잠시 후, 남자는 따뜻하게 데쳐진 소시지와 겨자로 보이는 소스를 담아 아이란에게 건네주었다.

"껍질을 벗겨 드시지요. 연한 송아지 고기라 아주 맛있을 겁니다."

그의 말대로 나이프로 소시지를 반으로 갈라 포크로 껍질을 제거했다. 그리고 내용물을 한입 크기로 썰어 입에 넣었다.

"음!"

상당히 맛있었다.

고급 재료를 아낌없이 쓴 고귀한 맛이라기보단 비교적 질 좋은 재료로 끌어올린 맛.

아이란은 순식간에 한 개를 다 처리했다.

"한 개 더 하시렵니까?"

"당연."

"그러실 줄 알고 미리 준비했습죠."

접시에 소시지 한 개가 더 얹혔다. 그러나 그것 역시 순식간에 사라졌다.

"후아! 잘 먹었다."

간만에 맛있게 먹었다. 더 먹고 싶지만 앞으로 맛볼 이 시장의 여러 먹을거리를 위해 배를 남겨두었다.

이 집 덕분에 다른 집들도 기대된다.

"헤헤, 맛있게 드셔주셔서 감사합니다."

"정말 잘 먹었소. 다음에 또 먹고 싶군."

"영광입니다."

"그럼 가격은 얼마인지?"

"3에니입니다."

두 개에 3에니면 꽤 비싸다. 하지만 이 맛은 충분히 지불할 가치가 있었다.

"여기 있소."

"감사합니다!"

이제 다음 먹을거리를 위해 자리에서 일어나려는 순간, 아이란의 머릿속에 한 가지 생각이 번뜩였다.

"실례지만 이름을 물을 수 있겠소?"

"예. 제 이름은 제프라고 합니다만, 왜 그러시는지……?"

"그렇군, 제프. 이 요리, 당신이 개발한 것이라 했소? 다른 곳에서 비슷한 것을 팔지는 않고?"

"예."

"제조법 같은 것은 당신만이 알고 있겠지?"

"예……. 왜 그러십니까?"

떨떠름한, 미심쩍은 표정으로 아이란을 바라본다.

아이란은 고개를 저었다.

"아무것도 아니오. 잠시만, 당신에게 줄 것이 있소."

아이란은 가방에서 양피지 한 장과 인장을 꺼내었다.

그 모습을 의아하게 바라보는 상인.

아이란은 인장에 칠을 한 후 양피지에 꾹 눌러 문양을 찍었다. 검과 방패를 쥔 비상하는 검은 매가 양피지에 남겨졌다.

그것을 둘둘 말아 상인에게 건네주었다.

"……!"

양피지를 확인한 상인이 깜짝 놀랐다.

이 영지에 사는 사람인 이상 그 문장이 무엇인지는 당연히 알고 있다.

"이것을 잘 가지고 있도록 하시오. 언젠가 높으신 분이 당신을 찾으실 것이오."

"엡! 그런데 백작가에서 일하시는 분입니까? 조금 전 제가한 말은 실언이었습니다. 부디 용서를······."

얼굴색이 시커멓게 죽을 정도로 싹 달라졌다.

"괜찮소. 그럼 난 가보도록 하겠소. 그 양피지를 받은 것은비밀로 하도록 하시오."

"예, 엡! 살펴 가십시오!"

상인의 배웅을 뒤로하고 수레에서 멀어지는 아이란의 입가에 미소가 번져 있다.

'좋은 것을 찾았군.'

그락서스의 직영 상단은 요 근래 한창 변화하는 중이다.

목재 등을 파는 기존 사업과 여러 새로운 물품을 파는 신사업부. 그 신사업부엔 식품업도 포함되어 있었다.

가장 먼저 준비 중인 상품은 젤만이 한창 개발하고 있는 사르딘.

그다음을 이을 아이템을 방금 이 시장에서 찾았다.

바로 그 흰 소시지.

아이란이 보기에 그 흰 소시지는 사르딘 못지않게 상품성이 충분했다.

아이란은 계속 시장을 돌아다니며 배를 채웠다. 그다음 수레에서 먹은 것은 고기를 다져 계란으로 뭉친 것을 구워 빵사이에 끼운 것이었다.

수도에서 유행하는 샌드위치라는 것과 비슷한 음식이다. 그러나 그것과는 다른 호쾌한 맛이 있었다.

그러고 보니 주변에서 음식을 파는 수레 중 대부분이 이 음식을 팔고 있었다.

아무래도 버켄 령에서 유행하는 음식인 듯했다.

이름은 이 영지의 이름을 따 버켄이라 부르는 듯했다.

이것은 아무래도 보존성 등의 이유로 상단이 취급하기엔 그다지 어울리지 않았다. 식당을 차려 운영한다면 모를까.

'식당? 음, 나쁘지 않은데? 아니, 괜찮군.'

아이란의 머릿속에서 구상이 섞이고 또 섞여 아이디어를 배출했다.

'똑같은 제조법에 똑같은 재료, 똑같은 맛을 가진 음식점이 전국 곳곳에 배치된다면?

아마 그것은 요식업계의 혁명이라고 할 수 있을 것이다.

현재 대륙에서 수입해 오는 사치품들, 엘브니움의 보석이라든가, 맥나타니아의 차 등과 같이 하나의 브랜드가 될 수 있을 것이다.

아이란은 이 구상을 뇌 내의 한곳에 저장해 두었다.

가신들과 의논을 해보아야겠다.

그 후 몇 가지 음식을 더 먹은 아이란이 배를 두드리며 나오자 어느새 시장은 시끌벅적해져 있었다.

시장이란 원래 시끌벅적한 곳이지만 지금 이 소란은 다른 소란이다.

마치 유명인이 방문한 것과 같은 그러한 느낌.

아이란은 소리의 진원지를 향해 다가갔다.

몇몇 사람을 제치고 그 근원을 확인한 아이란은 살짝 놀랐다.

새하얀 백마에 새하얗게 물들인 망토를 두르고 수행원과 함께 시장을 통과하는 이.

환영하는 영지민들을 향해 손을 흔들고 있는 은색의 기나긴 머리카락을 가진 사람. 가면으로 얼굴을 가리고 있는 그이지만 아이란은 한눈에 알아보았다.

그, 아니, 그녀.

아이란은 나지막이 그녀의 이름을 내뱉었다.

"엘리자베스."

뮤톤 백작가와의 전쟁 때, 아이란의 막사에서 만난 버켄 가문의 인물.

그 누구보다 아름다운 미의 저주를 가진 그녀다.

아이란이 나지막하게 내뱉은 말을 들은 것일까?

엘리자베스의 고개가 아이란 쪽으로 돌려졌다.

아이란은 굳이 피하지 않았다. 그리고 그와 그녀의 눈이 마주쳤다.

그를 알아본 것인지 그녀의 눈이 놀라움과 당황에 물들었다.

가면 너머이지만 아이란은 확실히 느낄 수 있었다.

그러나 곧 정신을 추스른 엘리자베스는 다시 고개를 정면으로 돌려 가던 길을 계속 갔다.

모여 있던 사람들은 그녀의 걸음에 맞춰 그녀를 따라갔기에 잠시 후 자리엔 몇몇 이밖에 남지 않았다.

그 사람 중 한 명, 아이란은 조금 전 그녀와 마주했던 그 순간을 곱씹었다.

정확히는 그녀의 입술을.

고개를 돌리기 전 그녀는 분명 아이란에게 메시지를 전했다.

그 메시지는······.

'오늘 밤에 뵙겠습니다.'

왠지 밤이 기다려진다.

*　　　*　　　*

여관방. 창문을 통해 보이는 밤하늘의 보름달이 밤의 여행자들을 위해 등불을 밝혀주었다.

저녁을 먹고 방에서 뒹굴고 있는 아이란은 지금의 이 자유를 짜릿하게 즐겼다.

백작성이라면 누리지 못할 호사.

평상시 백작성이라면 체면도 체면이거니와 가신들의 눈치 때문에라도 근엄한 백작의 자세를 유지해야 하지만, 지금의 그는 그 누구도 신경 쓰지 않아도 되었다.

지금 자신은 혼자였다.

침대에 엎드려 좌우로 구르며 책을 읽는 아이란.

'흐음. 노딕 공화국이 이렇게 형성되었군.'

지금 그가 읽고 있는 것은 대륙의 역사책으로 노딕 공화국이 형성되는 과정이 서술되어 있었다.

'시민들의 혁명. 왕의 협상. 의회의 형성. 왕당파의 반격. 시민들의 2차 혁명. 국왕군 대장이었던 롬웰의 반란 가세. 왕가와 귀족의 처형. 의회의 공화국 선언. 롬웰의 총통 취임. 그 후 총통에 의한 의회 해산.'

이것이 지난 백 년간 노딕에서 일어난 일이다.

이에 관한 아이란의 생각은?

"새로운 왕이 들어선 것과 다름없군."

처음은 의로 일어섰을지는 모르나 결국 새로 들어선 노딕 공화국은 총통이란 이름의 새로운 왕이 들어선 것에 지나지 않았다.

총통의 뜻에 의해 공화국은 좌지우지되었다.

스아아아악!!

다음 페이지로 넘기려고 할 때, 강렬한 기운이 아이란의 전신을 관통했다.

"······!!"

느낄 수 있었다. 이것은 자신을 부르는 초대장이다.

창문을 통해 거리를 내려다보니 다른 사람들은 아무 이상도 못 느낀 듯 자신의 길을 계속 가고 있다.

이것으로 확실해졌다. 이것은 자신을 부르는 초대장이 맞았다.

"어머, 어디 가시나 봐요?"

"예. 잠시 나갔다 오지요."

여관을 나와 기운이 이끄는 대로 발을 놀렸다. 그리고 아무도 존재하지 않는 공터에 도착했다.

"이만 나오도록 하지?"

혼잣말일까? 분명 아무도 존재하지 않는데 누구에게 하는 말일까?

스르르.

그 순간, 아이란의 앞에 한 인형이 나타났다.

로브를 덮어쓰고 있는 인형. 아이란보다 머리 하나는 작다.

"오랜만에 뵙습니다."

쇠를 긁는 듯한 변조된 목소리의 인사와 함께 후드를 걷는 인형이 있다.

그러자 가면을 쓰고 있는 얼굴이 드러났다.

"가면도 벗지?"

아이란의 말에 인형은 가면을 벗고 모습을 드러냈다.

아름다운 은색 머리칼을 가진 미녀 엘리자베스.

버켄 가문의 영애인 엘리자베스 버켄이 모습을 드러냈다.

"오랜만이로군, 엘리자베스."

"다시 한 번 오랜만에 뵙겠습니다, 아이란 그락서스 백작 각하."

허리를 살짝 굽히며 구사하는 우아한 손동작. 그야말로 그림과 같은 인사이다. 그렇지만 그 행동을 진행하는 엘리자베스의 얼굴은 냉담하다.

"그럼 바로 본론으로 넘어가겠습니다."

"그러도록."

"백작 각하께서 저희 영지를 방문하신다는 소리는 그 누구에게도 듣지 못하였습니다. 어쩐 일로 방문하신 겁니까?"

아이란의 방문을 추궁하는 엘리자베스. 그에 아이란은 옅은 미소를 띠었다.

"내가 내 영지에서 누구의 허락을 맡고 움직여야 하나?"

"아, 아닙니다. 미리 알려주셨으면 가문 차원에서 백작님을 영접하려……."

엘리자베스의 냉담한 표정이 살짝 당황하며 풀어졌다.

"농담일세."

"……."

"뭐, 몰래 영지들을 시찰하는 중이었지. 본령부터 시작해 야로스, 베르만, 르아닌을 돌아보고 끝으로 버켄을 둘러보고 있는 중이었네."

"그러셨군요."

"백작성에 있는 기록과는 달리 영도인 바카란은 많이 달라 졌더군. 정말 놀랐네."

일반적으로 다른 영지는 어디까지나 그락서스 백작가의 영지이다.

본가인 그락서스 백작가에서 가신 가문에게 위탁하여 운영하는 형태. 그것은 얼마만큼의 기간을 운영하든 마찬가지 이다.

그락서스 백작가가 망하고 그락서스의 주인의 자격을 잃지 않는 한 그것은 불변의 법칙. 그러나 어디에서나 예외는 존재한다.

"선대의 계약에 의해 버켄 령은 백작가로부터 독립, 자치에 가까운 형태로 운영되어 굳이 자세히 보고를 올리지 않았습니다."

버켄은 선대의 약속에 의해 그락서스로부터 독립한 것과 마찬가지다. 실제로 일 년에 몇 차례의 소통을 제외하면 거의 단절된 것이나 마찬가지이다.

즉 지금 엘리자베스의 말은 숨길 생각도 없지만 굳이 가르쳐 줄 생각도 없다는 뜻, 이것이 버켄 영지의 생각이었다.

"뭐, 그렇긴 하지."

괘씸하기도 하지만 딱히 문제 삼을 수는 없다.

"이해해 주셔서 감사합니다."

엘리자베스가 다시 고개를 꾸벅 숙였다.

"그럼 나중에 바카란의 개발도 같은 것을 좀 주지 않겠나? 하나딜에도 적용해 볼까 싶어 말이야."

"아버님께 말씀을 올려보겠습니다. 아마 근시일 내로 정리하여 주실 것입니다."

"아, 고맙군. 그리고 영지민 몇 명쯤 그락서스로 데려가도 상관없나?"

"영지민이라면 어떠한 인물을?"

"딱히 중요한 인물은 아닐세. 시장에서 요리를 파는 이인데, 그것이 꽤 맛있어서 말이야. 요리사로 고용할까 하거든."

흰 소시지를 만든 상인의 이야기다. 식품 사업을 위해선 그가 꼭 필요했다.

"본디 이 영지의 모든 백성은 그락서스의 소유. 역시 문제없을 겁니다."

"아아, 고맙네. 무르기 없기야?"

"……."

무엇을 꾸미고 있느냐는 눈빛으로 아이란을 바라보는 엘리자베스. 아이란은 그 눈빛을 깔끔히 무시했다.

지금 그의 머릿속에는 오직 한 가지 생각만으로 가득하다.

'되었다!'

이것으로 준비는 갖추어졌다.

흰 소시지를 파는 상인만 설득해 그락서스로 끌고 가기만 하면 만사형통!

"그럼 볼일은 이제 끝났나?"

"예. 백작님께서 방문하신 이유를 들었으니 제 용건은 끝이 났습니다."

"그럼 이제 헤어지면 되겠군. 잘 돌아가도록 하게."

아이란이 휘리릭 몸을 돌렸다.

"아! 잠시만."

엘리자베스가 아이란을 불렀다.

"내일 버켄 저택을 방문해 주시지 않겠습니까?"

"음?"

"아버님도 어머님도 모두들 백작님을 환영해 드릴 겁니다. 버켄 가문이 섬기는 분을 아무런 인사도 없이 보내게 된다면 이것은 백작님에 대한 크나큰 모욕이자 버켄 가문의 오명이 될 것입니다."

사실 이것이 엘리자베스가 온 목적 중 하나였다.

방문한 이유도 중요하지만 실제로는 버켄 가문의 초대.

지금 엘리자베스가 즉흥적으로 꺼내는 것 같지만 이미 버켄 가문 내부적으로 협의를 다 거쳤을 것이다.

신임 백작으로서 그동안 그다지 만날 기회가 없었던 아이란에 대해 이번 기회에 어떠한 인물인지 제대로 파악하려 하겠지.

이것은 아이란으로서도 좋은 기회이다.

버켄 가문의 수장 카일 버켄.

아이란으로서도 그를 파악할 기회가 필요했다.

선대인 아버지와 가신 등을 통해 어느 정도 파악하긴 했지만 백 번 듣는 것보다 직접 한 번 보는 것이 확실하다.

"좋네. 내일 저녁때쯤 방문하도록 하지."

"감사합니다. 가문에 확실히 전달하겠습니다."

"그럼 내일 보세."

"예."

그 말을 끝으로 아이란과 엘리자베스는 진짜 헤어졌다.

CHAPTER
7

阿鼻叫喚[아비규환]

아비지옥과 규환지옥.

차마 눈 뜨고 보지 못할 참상이라는 뜻.

—고사성어(故事成語)

엘리자베스와 만난 밤을 뒤로하고 날이 밝았다.

적당히 여관에서 아침을 가볍게 때운 아이란은 전날의 약조를 위해 준비했다.

전날 맺은 엘리자베스와의 약속.

버켄 저택을 방문하는 것.

몰래 시찰 중이고 갑작스러운 방문이긴 하지만 대충 어영부영 넘길 수는 없는 일이다.

지금 할 수 있는 최선의 준비를 갖춰야 했다.

'옷은 이것이면 되겠군.'

가방 속에 들어 있던 깨끗한 옷을 여관의 여주인에게 부탁하여 깔끔하게 다렸다.

여행복이긴 하지만 격식 있는 형식이라 귀족들이 애용하는 것이다.

간단하고 활동하기 편하게 만들어졌지만 달릴 것은 달려 있었다.

'선물은 이것이면 될까?'

가방 속을 뒤적이자 베르만 령에서 산 기념품이 딸려 나왔다.

가죽으로 만든 인형.

'……'

시장을 둘러보다 분위기에 휩쓸려 산 것 중 하나로 가방 공간을 많이 차지하는 짐 덩어리 중 하나였다.

그 짐 덩어리를 처리할 좋은 기회가 바로 지금.

'그렇지만……'

이것을 받은 버켄 가문의 인물들은 어떠한 반응을 보일까?

아마 아이란이 떠나고 난 후 쓰레기통이나 소각장에 살포시 올려놓지 않을까?

"흐음……."

아이란이 가방에서 양피지와 펜을 꺼내었다.

사각사각.

펜이 양피지를 긁으며 글씨가 그려진다.

잠시 후 펜이 양피지에서 떨어지고, 하나의 문서가 완성되었다.

상장.

본 아이란 그락서스 백작이 직접 영지를 시찰하여 영지를 훌륭히 경영한 것을 두 눈으로 똑똑히 확인한 결과, 버켄 남작령 가주 카일 버켄의 공로를 높이 사 올 한 해 세율을 면제하노라.

'......'

부욱부욱.

양피지를 찢었다.

어떤 의미론 크나큰 선물일 수 있으나 만일 이러한 것을 주었다간 가신들에게 귀에 못이 박히도록 잔소리를 들을 것이다.

'무엇이 있을까?'

머리를 부여잡으며 주변을 둘러보았다.

대체 어떠한 것을 선물해야 잘했다고 소문이 날까?

그때,

'......!'

두 눈 가득히 들어오는 저것.

'저것이다!'

아이란의 얼굴이 밝아졌다.

선물은 그렇게 정해지게 되었다.

*   *   *

마침내 저녁때쯤.

아이란이 버켄 저택에 방문하게 되었다.

이미 이야기가 되었는지 문지기가 정중하게 저택 현관을 향해 안내했다.

마침내 현관문이 열렸다.

"버켄 방문을 진심으로 환영하겠습니다, 그락서스 백작 각하!"

두 팔을 벌리며 아이란을 격하게 환영하는 남자.

덥수룩하게 기른 은빛 머리칼과 턱수염이 지저분하지만 그것조차 매력으로 보이는 남자!

그야말로 꽃중년이라 할 수 있는 절정의 미남자이다.

그의 이름이 바로 카일!

그락서스 백작령 제일의 미스터리인 버켄 가문의 주인이 바로 그였다.

"처음 뵙겠습니다, 그락서스 백작 각하. 제 이름은 릴리아.

버켄 가문의 안주인 역할을 맡고 있습니다."

수수한 갈색 머리칼이 아름다운 단아한 인상의 미녀.

살짝살짝 보이는 주름은 그녀의 매력을 더해주었다.

그녀가 바로 저 카일 남작의 부인이자 그 옆에 서 있는 아름다운 미녀 엘리자베스의 어머니였다.

"엘리자베스 버켄이 그락서스 백작 각하를 뵙습니다."

엘리자베스가 치마 양 끝을 부여잡으며 우아하게 인사를 한다.

갑옷이나 남자와 같은 외출복만 보다 저러한 모습을 보니 그야말로 천사에게 날개를 달아준 모습이다.

"모두의 환영에 감사하오. 카일 남작, 릴리아 부인, 엘리자베스 공녀, 다시 한 번 감사드리겠소. 아이란 그락서스요."

"저희 역시 다시 한 번 환영하겠습니다, 그락서스 백작 각하."

서로에게 훈훈한 인사를 나누는 지금이 바로 그 타이밍이다.

척!

아이란은 쥐고 있던 바구니를 릴리아 부인에게 내밀었다.

그 바구니에는 바로 형형색색의 꽃이 가득 담겨 싱그러운 향기를 뿜내고 있다.

선물을 고민하던 아이란의 두 눈에 들어온 것이 바로 이것이었다.

여관 창문을 통해 내려다보이던 거리의 꽃들.

추운 날씨에도 꿋꿋이 꽃을 피운 그 모습이 아이란의 두 눈에 확 들어왔다.

그 길로 아이란은 꽃집에 들러 겨울과 봄에 꽃을 피우는 꽃들을 골라 바구니째 사 왔다.

"어머나, 예뻐라."

"버켄 저택을 방문하는 내 선물이오. 마음에 드셨으면 좋겠군."

"빈손으로 오셔도 되는데 이러한 선물까지 주시다니, 감사합니다. 정말 기쁩니다. 이것은 진심입니다."

"허허, 마음에 들지 않으신다면 가짜로 기쁘게 받으려 했소?"

"아닙니다. 백작께서 어떠한 것을 주셔도 기쁘게 받았을 겁니다."

꽃을 선택한 것은 잘한 일인 것 같았다.

그 판단은 이 분위기를 보면 알 수 있었다.

"하하, 백작 각하. 정말 감사합니다. 집사람이 정말 기뻐하는군요. 그 보답으로 제가 점심은 확실히 책임지겠습니다. 어서 식당으로 가시죠."

덥석.

아이란의 손을 잡고 카일 남작이 성큼성큼 발을 내디뎠다.

이러한 모습.

왠지 낯설지 않다.

'아, 아르낙스!'

그렇다.

아르낙스. 그와 행동이 판박이 수준이다. 다른 것이 있다면 이쪽은 비교적 늙었고 그쪽은 비교적 젊다는 것?

어쨌든 카일 남작의 이러한 모습은 그락서스 제일의 미스터리인 버켄 가문의 이미지를 망치로 부수고 있었다.

기대하고 있던 비밀, 미스터리, 어두움. 이러한 것은 카일 남작이란 태양빛에 말라 소멸하고 있었다.

*   *   *

식당의 제일 상석은 아이란의 몫이었다.

본디 가문의 가주인 카일의 몫이지만, 그의 주군인 아이란에게 양보한 것.

덕분에 아이란은 식당에 자리한 이들을 한눈에 바라볼 수 있었다.

싱글벙글 웃음꽃이 피어난 카일 버켄.

그 옆에서 그를 받아주고 있는 릴리아 버켄.

그들의 맞은편, 맹렬한 자세로 고기에 달려들고 있는 엘리자베스까지.

그러한 모습들이 이미지를 상당히 깨버렸지만 어쨌든 식사는 화기애애하게 진행되었다.

요리는 맛있었으며 분위기까지 좋으니 당연지사.

그리고 그 분위기를 반전시킬 포문을 연 것은 싱글벙글 웃고 있는 이 남자, 카일 버켄이다.

여러 주제로 이야기를 나누던 중 카일이 뜬금없는 말을 꺼내었다.

"그러고 보니 백작 각하께서는 미혼이신 걸로 기억합니다."

"그렇지."

무슨 이야기를 하려는 것일까?

"어떻습니까?"

"무엇이 말인가?"

"제 딸자식, 이만하면 괜찮지 않습니까? 얼굴도 예쁜데다 나올 곳은 나오고 들어갈 곳은 들어가고……."

"쿨럭!"

고기를 씹어대던 엘리자베스가 헛기침을 내뱉었다.

그녀는 당황해 어찌할 줄 몰라 했다.

아이란의 얼굴도 당혹감에 물들었다.

"과년한 딸자식이 하루가 다르게 늙어가는데 시집을 보낼 곳도 없고, 오라는 곳도 없고……. 그러던 중 이리 멋지고 잘생기신 백작께서 아직 짝이 없으신 걸 알게 되었으니 이 얼마나 통탄할 일입니까."

"그것은 남작이 신경 쓸 이야기가……."

"아닙니다. 저는 백작 각하의 신하로서 백작 각하의 후계에 대해 책임져야 할 의무가 있습니다."

"아니, 신경 쓸 필요가 없다……."

"아아, 불쌍한 우리 백작님. 이 두 눈에 눈물이 흘러 두고 볼 수가 없구나!"

"……."

막무가내, 점입가경이다.

아이란이 그렇게 생각하거나 말거나 카일의 말은 계속되었다.

"충실한 신하인 이 카일이 가만있을 수 없지! 이렇게 된 이상 딸자식으로 간다!"

"정말 좋은 생각이시네요."

"아버님!!"

부인이 동조하고 딸자식은 반발했다.

이 집안, 환상을 깨먹고 다른 것을 덧씌우는 데 일가견이 있는 집안이다.

"자작."

"예물은 통 크게 이 저택을… 예?"

"그만하지."

"알겠습니다."

대답하는 카일의 눈에 아쉬움이 깃들어 있다. 그렇지만 그
것보다 더 큰 것은 바로 즐거움.

그는 아이란을 놀리며 즐기고 있는 것이 틀림없었다.

"그런데 백작 각하."

"……?"

"정말 제 딸자식이 마음에 들지 않으십…….""

"그만."

방심할 수 없었다.

아이란은 이 카일 버켄이라는 인물에 대해 어느 정도 파악
할 수 있었다.

꾸며낸 모습인지 진짜 모습인지는 모르겠지만, 여러모로
굉장한 인물이다.

언젠가 아버지인 선대 백작이 카일 남작을 일컬어 굉장한
인물이라고 한 의미를 알 것 같았다.

"남작."

주제를 돌리자. 어떠한 주제가 좋을까?

"예, 하실 말씀이라도……?"

"영지에서 영지민 몇 명을 데려가려고 하는데……."

"무슨 문제… 아, 엘리자베스에게 하신 그 말씀이군요."

끄덕끄덕. 아이란이 고개를 끄덕였다.

"그것이라면 전혀 문제될 것 없습니다. 본디 이 영지에 존재하는 모든 것은 전부 백작 각하의 소유이니까요."

"고맙군."

"고마우시면 제 딸이랑……."

끝까지 방심할 수 없는 존재.

그 후 몇 가지 주제로 이야기를 더 나눈 아이란과 버켄 가문의 사람들은 식사를 끝내고 후식 시간을 가졌다.

포크로 파이를 자르며 아이란이 입을 열었다.

"킹스로드."

다른 이들의 포크가 멈추었다.

아이란은 포크를 계속 깔짝이면서 말을 이었다.

"그락서스는 일 왕자와 함께하기로 했다."

"그락서스의 주인은 백작 각하이십니다. 백작 각하께서 결정하신 이상, 그 뜻에 따르는 것이 바로 봉신인 제 의무입니다."

"그렇군."

아이란 역시 포크를 내려놓았다.

잠시 동안의 침묵. 그것을 깬 것은 한 여성이다.

"백작 각하께서 심사숙고하여 옳은 결정을 내리셨을 것이라 믿습니다."

엘리자베스 버켄 그녀였다.

고개를 끄덕인 아이란이 차로 입술을 축였다.

"버켄 가문과는 특별한 관계이지. 나 역시 그대들의 완전한 주인이 아니고, 그대들 역시 나의 완전한 신하가 아니야. 철저한 계약 관계."

"……"

"그락서스는 그대들을 보호하며 살아갈 땅을 내어준다. 그리고 그대들은 해가 가지 않는 한 그락서스에 도움을 준다."

그것은 선대의 선대, 대륙에서 탄압 받던 버켄 가문이 알피나 섬으로 탈출, 그락서스에 정착하며 그락서스 백작과 맺은 계약이다.

"단, 그대들을 제약하는 건 단 한 가지, 링 오브 리버티(Ring of liberty:자유의 반지)가 걸린 그락서스의 부탁은 무슨 수를 사용하든, 그 과정이 어떠하고 결과가 어떠하든 반드시 들어주어야 한다는 것."

그것이 바로 과거 아이란이 언급했던 링 오브 리버티.

자유의 반지의 의미.

아이란이 이 말을 꺼낸 것엔 의미심장한 의미가 있다.

"그 말씀을 하시는 저의가 무엇입니까?"

"어쩌면 근시일 내에 사용해야 할지도 모르니까."

"킹스로드……."

"만일 킹스로드에서 일 왕자가 패배하고 그락서스가 위기에 처한다면……."

아이란이 눈을 감았다.

"그때, 전력을 다해 그락서스를 도와주게."

링 오브 리버티를 사용할 일이 없으면 하는 아이란이다.

그것은 버켄 가문의 인물들 역시 마찬가지.

"폭풍이 오고 있다."

아이란의 마지막 말이다.

*　　　*　　　*

후식 시간까지 끝마치고 아이란은 카일이 손수 안내한 방으로 들어왔다.

짐은 이미 하인들이 깔끔히 정리해 탁자 위에 올려둔 터라 딱히 신경 쓸 것은 없었다.

침대에 걸터앉아 잠시 무엇인가를 생각하던 아이란은 탁자로 다가갔다. 그리곤 가방을 뒤져 종이를 묶은 뭉치를 꺼내었다.

펜과 잉크는 탁자 위에 올려 있는 것을 쓰면 된다.

서걱서걱.

"좋은 물건들이군."

버켄 가문에서 신경을 썼는지 최상급의 물건들이다.

아이란이 사용할지 안 할지 모르는 이러한 물건들을 가져다 둔 것을 보면 그 준비성은 칭찬할 만하다.

실제로 지금 아이란이 사용하고 있고, 성공이라고 할 수 있었다.

서걱서걱.

깃펜이 거침없이 양피지를 긁었다. 펜촉이 한 번 지나갈 때마다 글자가 새겨져 문장을 만들었다.

지금 그는 일기를 쓰고 있었다.

정확히는 시찰의 기록과 중요 메모들.

이것은 하나하나가 전부 귀중한 자료가 되고, 작은 빛이 될 것이다.

그렇게 모인 작은 빛은 큰 빛이 되어 이 영지의 앞날을 밝혀주겠지.

그러한 것을 생각하면 허투루 작성할 수 없다.

아이란은 꼼꼼히 한 번 생각할 것을 두 번, 세 번 생각하며 펜을 놀렸다.

양피지 한 장이 두 장이 되고, 석 장이 되었을 때에야 펜이 멈추었다.

양피지를 돌돌 말아 잘 정리해 가방에 넣은 뒤 하인들이 준
비해 놓은 잠옷으로 갈아입은 아이란은 침대에 몸을 실었다.

언뜻 보이는 상의 속.

그의 목에 걸려 있는 가죽으로 된 목걸이에는 은색의 반지
가 걸려 있다.

시간과 함께 달이 저물어갔다.

*   *   *

날이 밝아오고 있다.

보통 사람이라면 이제 일어나 하루를 시작할 시간.

그렇지만 여기 뜬눈으로 밤을 새우고 곧바로 새 하루를 시
작하는 이가 있었다.

붉게 충혈된 눈을 가진 이.

그의 이름은 가브리엘.

그라나니아의 이 왕자이다.

"모두 준비되었나?"

"예."

그 옆에 가브리엘과 같이 밤을 새운 부관이 답했다.

"놈들은 변함없나?"

"예. 평소와 다름없습니다. 일 왕자와 일 왕녀가 손을 잡은

후 방심하고 있는 평소 상태 그대로입니다."

부관의 말에 가브리엘이 나직한 미소를 흘렸다.

"후후, 연합을 한 것이 목을 죄게 되었구나. 데이비드, 세실."

의미심장한 말이다. 게다가 이것으로 끝난 것이 아니었다.

"귀족들은?"

"일 왕자와 일 왕녀 파벌의 귀족들 역시 낙관론에 빠져 있습니다. 그나마 조심해야 할 이가 몇 명 있지만 그들을 처리할 준비를 모두 끝내놓았습니다. 조심해야 할 귀족은 아르낙스 마샬 공작 정도입니다."

"그를 주의해야 해."

"예. 강철기사단과 강철병단을 비롯해 왕자님 직속의 기사와 병사를 통틀어 일백이 마샬 공작에게 투입될 것입니다."

"부족해. 오십을 더 넣도록."

"그, 그렇게 하면 왕성을 공략할 병력이 줄어듭니다."

"닥치고 시키는 대로 해!"

가브리엘이 눈을 부라리자 침을 꿀꺽 삼킨 부관이 고개를 숙였다.

"…알겠습니다."

"우리 측 각 인물에게 지시는 잘 전달했겠지?"

"예. 오늘 점심을 기점으로 왕성을 공략할 대혁명이 시작된다는 것을 모두에게 전했습니다."

대혁명!

이것은 진정한 킹스로드의 시발점. 내전이라고도 불리는 무력 전쟁을 의미했다.

드디어 가브리엘이 칼을 뽑은 것이다.

"후후, 저녁과 새벽이 아닌, 벌건 대낮에 공격을 시작하리라는 것을 그들은 알 수 있을까?"

부관은 단호히 고개를 저었다.

"알 수 있을 리가 없습니다. 설혹 안다고 해도 지금 그들의 상태로는 어찌할 수 없을 겁니다. 병력의 질도, 숫자도 저희가 절대적으로 우세합니다."

"그렇지. 우리가 우세하지."

가브리엘이 손가락을 깍지 끼고 탁자에 턱을 괴었다.

"반드시 이긴다. 그라나니아의 왕위는 내 것이야."

"감축드리옵니다, 왕자 전하. 아니, 국왕 전하!"

부관의 아부에 가브리엘의 입이 쩍 벌어지며 웃음이 터져 나왔다.

"후하하하하하하!! 그래, 내가 바로 이 나라의 왕이다!"

"감축드리옵니다."

"후후, 부관."

"예."

"내가 왕이 된 이후나 생각해 보도록. 데이비드나 세실뿐 아니라 렌빈 대공을 처리할 방안도 생각해 놓도록."

"알겠습니다."

"그것뿐만이 아니야. 장래에는 이 그라나니아의 모든 땅이 내 손아귀에 들어오도록 왕의 앞길을 가로막는 대영주들을 쳐부수고 내가 이 땅의 진정한 왕, 위대한 황제가 될 수 있도록 준비하라."

가브리엘의 눈동자가 빛난다. 그는 지금 희열에 젖어 있었다.

"내가 바로 황제다!"

가브리엘이 오만하게 선언했다.

*　　　*　　　*

다음 날.

시간은 흘러 해가 하늘의 정중앙에 뜬 정오가 되었다.

이 시간의 왕도는 북적북적, 시끌벅적 활기찬 곳이라 호객하는 상인들과 거리를 걷은 사람들, 뛰어다니며 장난치는 아이들의 웃음소리가 가득했다.

여느 때와 같던 그날. 그러나 그러한 일상에 돌이 던져졌다.

그 돌은 큰 파문을 일으켰다.

척척척척척!

무장을 한 병사들이 도로를 활보한다.

사람들은 호기심 어린 시선으로 그들을 잠깐 보았으나 곧 어떻게 된 상황인지 알아챘다.

그리고 곧 사람들의 시선이 공포에 물든다.

그들 역시 왕이 죽고 나면 어떠한 상황이 펼쳐지는지 알고 있었으니까.

예전에 이러한 상황을 겪어본 적이 있는 노인들부터 시작해 그들로부터 이야기를 듣고 자란 이들이 삽시간에 공포에 질렸다.

분위기는 쉽게 물드는 법이다.

조금 전까지 활기찼던 이곳이 공포로 가득 찼다.

사람들은 환란을 피하기 위해 저마다 자신의 집으로 달렸다. 그 과정에서 넘어지는 자가 부기지수.

일어서려 했지만 다른 사람들에게 깔려 비명을 질렀다. 심한 이는 목숨을 잃기도 했다.

그러거나 말거나 군인들은 냉정히 자신의 길을 걸었다.

거치적거리는 것이 있으면 그것이 사람이든 물건이든 치워 버렸다.

촤아악!

가장 먼저 피가 뿌려진 것은 사람들의 발에 짓밟혀 기어서 도망치던 노인.

그것이 신호탄이 되어 전쟁이 시작되었다.

히이이이잉!!

챙챙챙!!

우와아아아아아아!!

죽여 버려!!

밀어라!! 찔러 버려!!

꺄아아아악!!

말의 울음소리와 금속이 부딪치는 소리, 사람의 것인지 짐승의 것인지 알 수 없는 울음소리와 비명이 왕도를 지배했다.

막으려는 자와 뚫으려는 자들.

창과 방패. 양 끝에서 벌어지는 두 힘의 격돌.

"죽어버려! 이 새끼들아!"

"막아라! 어떻게든 막아! 죽어서라도, 시체가 되어서라도 그 몸뚱이를 움직여라!"

"뚫어라, 이 병신들아!! 뚫지 못한다면 내 손에 죽을 것이다!"

"닥쳐, 이 개새끼들! 말로만 하지 말고 니들이 앞장서…컥!"

"또 누가 반항을 하느냐! 모두 죽여주마! 너희는 닥치고 돌진만 하면 된다!"

"으아아악!"

"개새끼야! 찌르지 말라… 컥!"

비명이 난무했다.

아름답게 바닥에 깔려 있던 도로의 자갈 사이로 붉은빛의 액체가 흘렀다.

그와 함께 온기를 잃은 고깃덩이가 이곳저곳에 쌓여갔다.

그것의 복장은 다양해 기사의 갑옷을 입고 있는 이도, 병사의 갑옷을 입고 있는 이도 있었으며, 그들에 지지 않는 숫자로 일반 시민 역시 도처에 깔려 있었다.

그야말로 아비규환.

인세의 지옥이 바로 이곳이었다.

이곳에 펼쳐진 것이 지옥이 아니라면 그 어느 곳이 지옥일까.

몇 시간 전까지만 해도 사람들의 활기에 보석처럼 빛이나 아름다웠던 왕도.

볼레로디움(Bolerodium)의 현재 모습이다.

CHAPTER

8

나는 무덤으로 가고 있다.

　　　　　　　　　　　　−지하로 피신하는 어느 황제

좁고 더럽고 썩은 냄새까지 곳곳에 배어 있는 시궁창.

평소라면 지하를 배회하는 쥐들이 다녀야 할 공간. 그렇지만 오늘은 그보다 수십 배는 큰 생물들이 돌아다니고 있다.

그것도 하나가 아닌 단체로.

철퍽철퍽!

썩는 냄새가 진동하는 질척이는 물이 발을 적셨지만 모두들 입을 다문 채 앞만 보고 걷고 있다.

척!

제일 앞에서 걷던 이.

시원시원 남자답게 생겼지만 가득 피를 묻히고 있는 남자.

아르낙스가 손을 들어 모두를 멈춰 세웠다.

모두의 발걸음이 멈추었다.

"…왜?"

"쉿!"

아르낙스의 눈초리가 가늘어졌다.

온 신경을 집중한 그의 귀에 들리는 희미한 소리.

철퍽철퍽.

누군가.

자신들을 제외한 누군가가 이 앞에 있다. 또한 그들은 이쪽을 향해 다가오고 있었다.

점점 커지는 발소리가 그 증거.

그것을 들었는지 일행의 얼굴이 어두워졌다.

스르륵.

조심스레 아르낙스가 검을 뽑았다. 다른 전투원들 역시 마찬가지.

'왕자님과 공주님을 지켜라.'

전투원들을 향해 아르낙스가 조용히 말했다.

철퍽철퍽.

발소리가 더욱 커졌다.

그와 함께 불빛이 다가오고 있었다.

이제 저 모퉁이만 돌면 마주친다.

철퍽철퍽.

화악!

빛이 나타나자마자 아르낙스가 땅을 박찼다.

슈화아아악!

크게 베어지는 참격!

"커억!"

"크악!"

순식간에 두 명을 처리했다. 그렇지만 그것은 이들 전체로 볼 때 소수.

"여기다! 여기 있다!"

"왕자와 공주를 찾았다! 공작 역시 이곳에 있다!"

고함을 지르는 적들!

그사이 아르낙스는 한 번의 칼질을 더 날린다.

"캑!"

"끄악!"

적들도 검과 창을 들고 맞섰지만, 아르낙스를 당할 순 없었다.

아르낙스는 평범한 벨라토르가 아니다.

랭크라는 일곱 계단 중 여섯 번째 계단에 오른 사내.

무신이라고 불려도 부족하지 않을 성취를 이룬 자!

챙!

"컥!"

스아아악!

"크악!"

막아도 소용이 없었다.

저 불타오르는 황금의 검.

리히트라 불리는 절대적인 절삭력이 앞을 가로막는 모든 것을 베어버렸다.

무기로 막으면 무기째 몸뚱어리를 베었고, 방패로 막아도 몸뚱어리가 썰렸다.

그야말로 무신의 모습!

적들의 수는 족히 스물이 되었으나, 아르낙스는 단숨에 모두를 처리했다.

"자! 가자!"

포위망을 구성하기 전에 얼른 탈출해야 했다.

아르낙스가 앞장서자 다른 이들이 뒤를 따랐다.

탈출하는 이들을 이끌며 아르낙스는 생각했다.

몇 시간 전, 다시는 되돌아갈 수 없는 시간을, 그리고 그것이 깨지던 순간을.

*   *   *

몇 시간 전.

폭풍전야의 때라 생각했지 폭풍을 맞을 순간이라곤 예상치 못한 그.

어느 정도 긴장을 풀고 점심을 즐기고 있던 그때, 날벼락이 들이닥쳤다.

막 수프를 한입 떠먹는 순간, 저택의 입구로부터 경비가 들이닥쳤다.

뭐라고 물을 새도 없이 경비병이 소리친 것으로부터 사건은 시작되었다.

"병사들입니다!"

"병사?"

"예! 족히 일백이 넘는 병사가 케트란 가문과 이 왕자의 깃발을 휘날리며 지금 이 저택을 향하고 있습니다!"

"……!"

케트란 가문의 깃발을 휘날리며 이 저택으로 오고 있다?

답은 하나였다.

"방어 준비는?"

"대문을 닫고 각종 가구와 조각 등으로 급히 바리케이드를 만들고 있습니다!"

"좋아!"

그때부터 시작이었다.

케트란 가문과 왕자의 사병이 섞인 연합군과의 처절한 혈투.

안 그래도 수도에 머물고 있는 마샬 가문의 병력 수는 적었다.

"젠장. 방심이 화를 불렀군. 좀 더 주의했어야 하는데."

겉으로 보이는 세력은 이쪽의 우세.

이중일약의 체제. 그것에서 일중과 일약이 합쳐져 일강이 되었다.

일강일중의 체제, 아니, 이제 일강과 일약의 체제.

중립 귀족들 역시 일중의 가브리엘보다 일강의 이쪽을 택했다.

대부분의 중립 귀족을 흡수해 일강은 일중과 더 차이를 벌렸다.

그렇기에 가브리엘 이 왕자가 함부로 날뛰지 못하게 목줄을 채운 것이라 생각했다. 그러나 목줄이 아니었다.

소는 참고 있었던 것이다.

붉은 깃발을 향해 돌진하기 위해.

어쨌든 이제 그 소를 막아야 했다.

"내 저택에 백오십이라면 왕성 쪽은 족히 오백이 넘겠군. 각 귀족 역시 이백은 넘을 것이고."

케트란 후작가에서 단단히 준비했다.

거의 일천에 달하는 숫자.

"그래도 다행인가. 오백 정도라면 가뿐하게 막아낼 수 있을 것이다. 아니, 오늘이 이 왕자를 물리치고 수도를 차지하는 날이 되겠군."

소가 매섭게 날뛰고 있지만 그래 보았자 소, 이쪽은 용이다.

왕성에 대기 중인 왕자, 왕녀의 사병과 양 외척 가문의 지원병만 해도 족히 육백에 달한다.

사병들의 질적 수준을 볼 때 이 왕자의 세력에 밀리지 않았다. 거기다가 수까지 많으니 바보 같은 짓만 하지 않는다면 능히 이길 수 있을 것이다.

그때 또 한 명의 사람이 문을 부술 듯 열고 들어왔다.

전령이었다.

"왕성으로부터 급보입니다! 현재 왕성을 향해 족히 일천이 넘는 군세가 움직이고 있다고 합니다. 데이비드 왕자님은 공작님의 신속한 지원을 요청하고 있습니다."

"......!"

아르낙스의 신경이 더없이 곤두섰다. 그만큼 깜짝 놀랐다.

일천.

단순한 일천이 아니다.

그야말로 압도적으로 준비했다.

렌빈 대공령을 경계해야 하는 케트란 후작가의 입장상 대부분의 전력은 대공령과의 접경 지역에 배치해 둔다.

후작령의 총 병사는 일만오천 정도. 거기서 치안 등을 유지하는 이천 정도를 빼고 일만이천은 경계에 배치하고 있었다.

그렇게 남은 일천은 야만족과 괴물들의 토벌에 운용된다.

그 말은 지금 케트란 후작이 그 일천의 병력이나 렌빈 대공령의 경계에서 병사들을 빼와 투입시킨 것을 가르쳐 준다.

그야말로 케트란 후작령의 모든 것까지는 아니라도 대부분의 여력을 쏟은 것이다.

물론 이 킹스로드는 그 여력을 쏟기에 충분한 무대이고.

너무 방심했다.

두 곳이 연합을 하였다고 너무 방심했다.

이쪽도 이도란과 알비란 두 곳을 적극 활용해야 했다.

이도란 가문이 자기 몸을 가누기도 힘들긴 하지만 그런 것은 신경 쓰지 않아야 했다.

뽑아 먹을 수 있는 데까지 뽑았어야 했다.

알비란 가문 역시 마찬가지.

너무 낙관에 빠져 적당히 준비를 한 것이 돌이킬 수 없는 화가 되었다.

"젠장!"

후회를 해보았자 이미 늦었다. 이젠 지금 할 일을 해야 할 때이다.

"내 검을 가져오도록!"

우선 침략하는 적들부터 막고 보자. 그리고 기회가 난다면 곧바로 왕자를 구하러 가야 했다.

그 후 저택을 공격하는 병사들을 물리친 아르낙스는 쉴 틈도 없이 병사들을 이끌고 왕성으로 진격해야 했다.

그러나 이미 왕성은 반쯤 점령당한 상태.

"돌격!"

일 왕자의 궁과 일 왕녀의 궁을 비롯해 몇 곳만이 항거를 계속하고 있었다.

그나마 최악의 상황은 면했다 아르낙스는 스스로를 위로하며 포위한 병사들을 뚫고 스스로 포위망 안으로 들어갔다.

그 과정에서 마샬 가문의 병사 대부분을 잃었다.

"데이비드 왕자! 세실 공주! 어디 계십니까! 왕자! 공주!"

고래고래 고함을 지르니 단번에 시선이 집중된다.

그것은 영 좋지 않은 결과를 불러일으켰다. 적들의 시선을 단번에 끌어모으게 되었다.

달려드는 적들.

그것들을 물리치며 뚫은 끝에 그는 볼 수 있었다.

갑작스런 기습에도 상황을 수습하여 이끌고 있는 데이비

드의 모습.

그리고 그 옆에서 보조를 하고 있는 세실.

병사들을 지휘하며 쏟아지는 적들을 막아내고 있는 두 왕족을 볼 수 있었다.

"좌현이 뚫렸다! 즉시 예비대를 투입해! 모두 힘을 내라! 반드시 지원군이 올 것이다! 이번만 막아내면 된다!"

"왕자 전하! 공주 전하!"

마침내 아르낙스의 고함이 그들에게 닿았다. 그들이 아르낙스를 발견했다.

"마샬 공작!"

"아르낙스님!"

아르낙스의 검에서 성광이 충천하고, 그 자신이 빛나는 창이 되어 인의 장벽을 향해 돌진, 한 치의 틈을 통해 쪼개며 돌진했다.

그렇게 아르낙스와 두 왕족은 조우할 수 있었다.

그렇지만 그 과정에 희생이 동반하지 않을 수가 없었다.

각고의 희생 끝에 결국 아르낙스는 데이비드와 함께 있던 세실과 합류했다.

천만다행의 일.

그러나 안심할 틈은 없었다. 곧바로 방어가 뚫렸기 때문이다.

결국 아르낙스를 비롯한 일행은 핵심 전력만을 대동하고 남은 병력에 방어를 명했다.

말이 방어이지, 그것은 옥쇄를 하란 뜻이었다.

그렇게 남은 이들의 옥쇄 끝에 일행은 탈출할 수 있었고, 왕성의 비밀 통로를 통해 지하도에 진입, 왕도를 빠져나가기 위해 전진했다.

*　　　*　　　*

회상을 끝낸 아르낙스가 지끈거리는 머리를 부여잡았다.

금방 덧칠해진 뜨거운 피가 손을 적셨다.

너무나도 목이 타기에 아르낙스는 그것을 살짝 핥았다.

시원함은 없고 미적지근하며 찜찜하기만 하다. 그렇지만 그 속에 담긴 쇠 맛이 아르낙스의 정신을 깨워주었다.

'마샬로 들어가야 한다.'

왕도를 허무하게 빼앗긴 이상, 이젠 힘든 싸움을 해야 한다.

적들은 최소한의 힘으로 최대한의 힘을 가진 아군을 상대할 수 있었다.

성벽이란 높디높고, 두꺼운 방패가 사용 가능하다.

그것을 깨려면 반 토막 난 연합군 정도로는 어불성설.

마샬의 힘이, 이도란의 힘이, 알비란의 힘이 집결해야 한다.

그러다 생각나는 한 이름.

'아이란.'

자신보다 몇 살 어린 동생이 생각나는 아르낙스였다.

"후."

감상에 젖을 시간 따윈 없었다.

어서 빨리 이곳을 나가야 했다.

하는 수 없이 지하 비밀 통로로 들어오긴 했지만, 이곳 역시 이 왕자의 손길이 닿아 있었다.

휘리릭.

검을 털어 피를 떨어낸 아르낙스. 그는 적들이 떨어뜨린 횃불을 옆에 흐르고 있는 시궁창 물에 던져 버렸다.

숨어야 하는 자신들에게 횃불은 무용지물의 물건.

있어도 쓸 수 없는 물건이다.

탈출구의 방향은 알고 있다.

물이 흐르는 곳. 그곳을 향해 따라가면 되었기에 횃불이 필요 없기도 했다.

살짝 비추는 빛만으로도 충분하니까.

"자, 갑시다. 칼제르맹, 두 분의 경호에 좀 더 신경 쓰도록 하게."

"예."

"두 분, 유사시를 위해 제게서 살짝 떨어져 계시길 바랍니다."

"알겠네."

"알겠어요."

졸졸졸.

질척질척.

흐르는 물을 따라 아르낙스와 두 왕족 등 일행이 나아갔다.

"으악!"

"컥!"

"캑!"

그 후로도 몇 번이나 적과 마주쳤다. 그때마다 아르낙스의 검이 빛을 내뿜었다.

적은 나오는 족족 물리쳤지만, 그때마다 아르낙스 역시 무사할 수만은 없었다.

그의 몸에 하나둘 상처가 새겨졌다.

그의 저택에서 시작해서 왕성까지 수백의 적을 돌파한 아르낙스.

철인의 경지를 달성한 그였지만 체력에는 한계가 있었다.

"하아, 하아……."

아르낙스의 입에서 단내가 뿜어져 나왔다.

그가 검을 든 뒤 이렇게 지친 적은 없을 것이다.

그 고생이 헛된 것은 아닌지, 아르낙스와 일행은 마침내 비밀 통로를 통해 왕도를 빠져나올 수 있었다.

"……."

그리곤 보았다.

처처처처처처처척!

자신들을 향해 겨누어진 수없이 많은 날붙이를.

창도 있고, 검도 있었으며, 화살도 있었다.

"후후, 놀랐나?"

바다가 갈라지듯 인의 장막이 갈라지며 한 무리가 나타났다.

"가브리엘!"

데이비드가 소리쳤다.

그가 그들을 기다리고 있었다.

철의 장막을 펼쳐놓고 사냥감이 걸려드는 그 순간을 노리기 위해 그가 직접 나와 있었다.

사실 어느 정도 예상은 하고 있었다. 비밀 통로에서 적들을 발견하고 교전까지 했기에.

그러나 암담한 좌절감이 드는 것은 어쩔 수 없었다.

지쳐 버린 이들.

과연 이들과 싸운다면 한 사람이라도 살아남을 수 있을까?

"후후, 데이비드. 오늘로 네 목이 내 왕좌를 장식하겠구나."

"…그렇게 되진 않을 것이다!"

분해서 소리치는 데이비드였지만 그도 알고 있었다.

그렇게 되지 않으리란 것보다 그리될 가능성이 현격히 높다는 것을.

그야말로 가브리엘이 준비한 함정에 제대로 걸려들었다.

"뭐, 그렇게 생각한다면 그런 것이겠지. 그런 것보다……."

가브리엘의 시선이 정중앙의 아르낙스와 마주쳤다.

"아르낙스 공작."

"왜 그러오, 가브리엘 왕자?"

"나와 함께하는 것이 어떻소? 내 공작의 자리를 보전해 드리리다."

"글쎄……."

아르낙스는 흔들리는 데이비드의 눈을 바라보곤 피식 웃음을 흘렸다. 그리고 고개를 저었다.

"그것은 어려울 것 같군."

"역시 그런가?"

딱히 기대한 것 없다는 듯 피식 웃는 가브리엘. 그의 시선은 바로 다음 상대에게 향했다.

"세실."

"뭐죠, 오라버니?"

"세실, 내게 오는 것이 어떠냐? 네 목숨을 보전해 주마. 데이비드를 버리고 나와 함께하자."

세실이 데이비드와 눈을 맞댄 후 아르낙스를 바라보았다.

아르낙스는 포위한 적들을 견제하느라 그 모습을 보진 못했지만 세실은 데이비드보다 훨씬 오래 아르낙스를 바라보았다,

마침내 결정을 내렸는지 세실이 고개를 저었다.

"미안하지만 그것은 안 되겠군요."

"후후, 너 역시 그런가?"

가브리엘이 나직이 웃었다.

그와 반대로 아르낙스를 비롯한 일행은 딱딱하게 굳어갔다,

"데이비드."

"왜 그러지, 가브리엘?"

"너는 어떤가? 내 밑에 들어온다면 살려주도록 하지."

"그것참 끌리는군."

"오라버니!"

혹한다는 듯한 데이비드의 말에 세실이 역정을 냈다.

"하하, 장난이다, 장난. 내가 가브리엘의 밑에 들어갈 리가 없지 않느냐."

데이비드가 웃음을 터뜨렸다. 그 덕분에 일행의 얼굴이 살짝 풀렸다.

그래 보았자 얼음덩이에서 냉수가 된 정도이지만.

"자, 그럼 다 웃고 떠들었나? 마지막 시간인데 후회 없이 보내라구."

자비로운 가브리엘의 말.

"고맙지만… 필요 없다!"

"그런가? 그럼……."

모두 알고 있다.

가브리엘의 입에서 어떠한 말이 나올지.

검과 창을 든 이들의 손이 불끈거리고, 활시위는 더욱 팽팽해졌다.

"공격!"

쉬쉬쉬쉬쉬쉬쉬쉬쉬쉭!!

수많은 화살이 공기를 꿰뚫었다.

그것들은 그대로 일행에게 쏘아졌다.

화아악!

아르낙스의 손에 들린 검이 한 바퀴 크게 휘둘러졌다.

휘둘러진 검을 통해 분사된 빛은 사라지지 않고 형체를 유지했다.

웨폰 커튼!

리히트로 장막을 펼쳐 물리적인 방어를 하는 기술.

보통이라면 자신의 몸을 가릴 정도로만 발휘되지만, 지금은 일행 전부를 감쌌다.

티티티티티티티티티티팅!!

그야말로 아르낙스가 얼마나 고절한 수준의 벨라토르인지 보여주는 놀라운 한 수!

그러나 정작 펼치고 있는 아르낙스는 죽을 맛이었다.

'젠장!'

오로라의 소모가 너무나 심하다.

그래도 어쩔 수 없었다.

데이비드와 세실은 전투 능력이 제로에 가까운 이들이고, 칼제르맹을 비롯한 남은 전력은 힘을 채 회복하지 못해 고갈 상태이다.

결국 여력이 있는 것은 아르낙스 그 자신밖에 없었다.

티티티티티티티티티티팅!!

화살의 비가 끊이지 않는다. 그래도 아르낙스는 웨폰 커튼을 유지했다.

그리고 마침내 검과 창이 그들을 찔러왔다.

그것도 그냥 검과 창이 아니다.

형형색색 찬란히 빛나는 리히트가 덧씌워진 날붙이들.

결국 아르낙스 역시 리히트를 사용할 수밖에 없었다.

타타타타타탕!

"끄악!"

타타타타타타타탕!

"커억!"

한 놈 한 놈 꾸준히 줄여가고 있지만 수가 너무나 많았다.

게다가 몸은 하나.

아르낙스뿐 아니라 다른 이들도 공격받고 있었다.

칼제르맹 등이 약간이나 회복한 힘으로 버티곤 있지만 오래 버틸 수는 없었다.

결정을 해야 했다.

화아아악!

그의 리히트가 더욱 짙어졌다.

아니, 짙어지는 정도가 아니었다.

활활 불타오르는 불꽃이 그의 검에 담겼다.

하이어 리히트!

여섯 번째 계단에 선 자만이 부릴 수 있는 신기(神技)!

"크아아아악!"

리히트를 다룰 수 있는 5랭크의 벨라토르들이 그대로 썰렸다.

그 어떠한 과장도 없이 그 말 그대로 썰린 것이다.

"하, 하이어 리히트!"

적들이 깜짝 놀랐다.

아르낙스는 대외적으로 그냥 검을 조금 다루는 영주 정도로만 알려져 있었다.

그런 그가 5랭크에 올라 리히트를 다루는 것만으로도 놀라운데 하이어 리히트라니.

하늘이 높을세라 마구 찔러대던 사기가 순식간에 얼어붙었다. 아니, 슬금슬금 가라앉았다.

그때, 가브리엘이 소리쳤다.

"겁먹지 마라! 마샬 공작이 제아무리 6랭크의 벨라토르라고 하더라도 인간! 지칠 대로 지친 한 인간일 뿐이다! 공격하라! 마샬 공작에게 상처를 입히는 자에게는 일만을, 목을 베는 자에게는 십만 페니를 하사하겠다!"

일만만으로도 천문학적인 금액이다. 그런데 십만?

몇 대가 아닌 몇 십 대가 먹고살 수 있는 금액이다.

단순 계산으로도 4인 가구가 최소한의 돈으로 연명할 시 5페니로 한 달 생활이 가능하다.

일 년이면 60페니, 십 년이면 600페니이다.

일만 페니만으로도 백 년이 넘는 시간을 먹고살 수 있다.

하물며 십만 페니는?

천 년이 넘는다.

물론 이것은 물가 상승률 등을 고려하지 않은 단순 계산이긴 하지만 그만큼 엄청난 금액이란 말이다.

천문학적인 금액이란 것에는 이견이 있을 수 없었다.

그렇기에 눈이 뒤집히는 이가 나오는 것은 당연한 일.

"이야아아아아아압!!"

"죽어라!"

하나둘 달려드니 분위기에 동화된 다른 이들 역시 달려들었다.

"오라!"

불타오르는 리히트의 검을 휘두르는 아르낙스!

그의 일검, 일검에 수많은 이의 사지가 절단 났지만, 그보다 더 많은 이가 달려든다.

그렇게 수없이 많은 적을 쓰러뜨렸다. 그러나 쓰러뜨린 이보다 더욱 많은 수의 적이 남아 있다.

이제와 후퇴를 하기에도 늦었다.

어느샌가 비밀 통로 쪽에서도 적들이 튀어나왔다.

선택.

선택을 해야 한다.

이 상황을 타개할 수 있는 필사의 수단을 찾아야 한다.

'⋯⋯.'

그렇지만 도저히 생각나지 않는다.

대체 어떻게 해야⋯⋯.

'……!'

그때, 아르낙스의 머릿속에서 한 가지 방법이 생각났다.

언젠가 보았던 것. 사람이 힘을 위해 광기 어린 짐승이 되어 날뛰던 모습.

그것은 아르낙스에게 충격이었다.

사람에게서 사람이 아닌 짐승을 보았으니 어찌 충격적이지 않으랴.

어쨌든 그때 그 모습이 지금 떠오른다.

"칼제르맹!"

"예, 공작 각하!"

"지금부터 내가 어떠한 모습을 보이든 간에 틈이 만들어진다면 그대는 두 분과 함께 마샬 영지로 탈출하라!"

"…무, 무슨 말씀을 하시는 겁니까! 설마 이곳에 남으실 생각이십니까!"

"반드시 돌아가겠다. 마샬에서 만나자."

최후의 인사를 나눈 아르낙스.

그는 남아 있던 오로라를 머리로 보냈다.

그때 보았던 사람이자 짐승처럼 변신하는 방법을 정확히는 모른다. 그렇지만 대충은 알 것 같았다.

"크르르."

'이, 이것인가.'

자신도 모르게 입에서 짐승의 소리가 나왔다.

그 모습을 아르낙스의 정신은 몸과는 따로 떨어진 듯 그대로 느끼고 볼 수 있었다.

오로라가 뇌 내에 가득 차게 되었을 때,

"크롸라라라라라라라!!"

아르낙스의 포효가 전장에 울려 퍼졌다.

그 사납고 웅장하며 무서운 소리에 전투를 벌이던 이들이 일시에 멈추었다.

그리고 그것은 한 짐승에게 기회가 되었다.

불타오르는 검을 들고 짐승이 된 아르낙스가 달려들었다.

콰콰콰콰콰!!

무자비한 칼질.

그 칼놀림은 이제까지와는 전혀 달랐다. 검술이라고 할 수 있는 형식도 뭣도 없었다.

그저 힘으로 무식하게 막 휘두르는 것에 불과했다.

그렇지만 그것은 압도적인 결과를 이루어냈다.

"크아아아악!"

"으악!!"

"살, 살려줘!"

틈이 조금이라도 난다면 그 사이로 난입, 파고들어 무차별적으로 휘둘러대니 막을 수 있는 이가 없었다.

일대 혼란이 벌어졌다.

"공작님! 기다리겠습니다!"

그 틈을 타 칼제르맹이 왕자와 공주, 그리고 남은 이들을 데리고 탈주를 감행했다.

본능에 충실한 짐승은 이성이 없는데도 불구하고 그것을 훌륭히 지원했다.

마침내 그들이 탈출하고 전장에는 아르낙스 혼자 남아 적들을 막게 되었다.

인간들을 향해 짐승이 달려들었다.

*   *   *

수도에서 급보를 받은 것은 시찰을 마치고 돌아온 지 일주일째 되는 날이었다.

아이란은 급보를 가져온 칼의 새하얗게 질린 얼굴색을 보아 좋은 소식은 아니리라 짐작했다.

"수도에서 무력 충돌이, 아니, 전쟁이 일어났습니다."

"…올 것이 왔군. 누가 병사를 일으켰지?"

"이 왕자입니다. 단단히 준비하여 일 왕자와 일 왕녀 연합 파벌의 중추를 단번에 격퇴, 중요 귀족들은 물론이고 왕성까지 몰아냈다고 합니다."

"믿을 수가 없군. 그렇게 단번에 밀려났다고? 일강 체제를 구축했다고 하지 않았나? 중립 귀족도 많이 흡수했을 텐데?"

"믿기 어렵지만 사실입니다."

"…왕자와 공주의 생사는?"

"죽었다는 소문이 돌고 있지만 정확한 생사는 확인되지 않았습니다. 그렇지만 요원은 생존의 가능성을 더 높게 보고 있습니다."

"그것참 다행이군. 그러나 아르낙스 형님에겐 실망이야."

아르낙스.

마샬의 공작이며 철혈의 무인인 그가 있었건만, 이 왕자의 기습을 막지 못해 수도를 빼앗겼단 말인가.

"그러고 보니 아르낙스 형님은?"

"마샬 가문의 저택을 포위한 병력을 뚫고 왕성까지 돌파해 왕자와 공주와 합류한 것까지 확인되었습니다. 그 후는 왕자와 공주와 마찬가지로 생사 불명입니다."

"그나마 다행이군."

그와 함께 있다면 최소한 두 왕족이 죽을 일은 없을 것이다.

"아르낙스와 함께 있는 이상 두 사람이 죽는 일은 없을 것이다. 아마 어떻게든 살아남아 마샬로 이동하겠지. 그것을 전제로 두고 앞으로의 우리 행보에 대해 이야기를 나누어보도록 하지. 회의를 소집하도록. 두 시간쯤 후면 모두 시간이 되겠지?"

"알겠습니다."

칼이 나가고 아이란은 보던 서류를 내려놓고 의자에 몸을 기대었다.

"하……."

아직도 뒤통수를 세게 후려 맞은 것 같다.

믿겨지지 않는 일. 어이가 없을 정도.

'어떻게 그렇게 단번에 밀렸단 말인가?

방심, 또 방심이 부른 결과일 것이다.

어쨌든 이 사태로 연합 파벌에 대한 신뢰가 확 떨어졌다.

어쩌면 파벌과의 관계를 끊어야 할 수도.

'아니, 매우 고심해 봐야 할 문제이다.'

끈 떨어진 연을 붙잡고 있을 이유도, 가라앉는 배에 타고 있을 이유 따위도 없었다.

만일 이 사태가 수습되지 않고 나락까지 떨어진다면 기회가 생기는 즉시 배에서 탈출해야 한다.

냉정하고 비겁해 보일 수 있으나 의리가 목숨을 지켜주지는 않으니까.

그것이 바로 생존의 법칙이다.

중요한 것은 이제 일 왕자와 왕녀, 아르낙스가 수습을 어떻게 진행하는지이다.

　역량이 있다면 아이란은 그들과 계속 함께할 것이다.

　그러할 역량이 없다면 그들과의 관계를 끊을 것이다.

　아르낙스가 걸리긴 하지만, 공과 사를 혼돈할 수는 없으니까.

　그와 핏줄이 이어져 있고, 좋은 형이긴 하지만 어디까지나 아이란은 그락서스의 백작.

　그락서스에 사는 모든 목숨이 그의 어깨에 달려 있다.

　아이란의 행동에 따라 그 사람들의 목숨이 결정되기에, 신중에 신중을 기해야 한다.

　최선이 불가능하다면 차선. 최악을 피한 차악을 골라야 한다.

　그것을 위해 아이란은 무엇이든 할 준비가 되어 있었다.

　물론 아이란 그 자신이 영지를 위해 희생해야 할 수도 있었다.

　그때는 또 심각하게 저울질해 보아야 할 것이다.

　영지를 선택할지 나 자신을 선택할지.

　지금 생각으론 자신의 생명이 걸린 문제가 아니라면 영지를 위한 쪽으로 선택하는 쪽이 더 무겁다.

　'뭐, 그러한 것은 실제로 그러한 상황이 닥칠 때 고민하면 되겠지.'

그런 것이다.

지금 고민을 해보았자 아무 소용 없었다.

상황이 닥쳐온다면 그때 생각해도 늦지 않았다.

지금은 지금의 고민을 생각하자.

*　　　*　　　*

백작성의 회의실.

외부에서 활동 중인 이들을 제외하고 그락서스 가문을 구성하는 주요 가신이 아이란을 중심으로 모두 자리했다.

모두 대충의 사정을 전해 듣고 왔는지 얼굴이 어두웠다.

"모두들 모인 이유를 알고 있나 보군."

"예. 집사장을 통해 전해 들었습니다."

"좋군. 그렇지만 복습을 하는 의미에서 자세히 한 번 더 듣는 것도 나쁘지 않겠지. 부탁하네, 집사장."

"예."

칼이 일어서서 사람들에게 상황을 설명했다.

이 왕자의 기습으로 시작된 수도에서 일어난 무력 전쟁.

객관적으로 우세함에도 불구하고 밀려 버린 연합 파벌.

물론 그것에는 이 왕자와 케트란 가문의 여력을 모두 쏟아 붓는 등 여러 변수와 사정이 있었지만 이곳에선 몰랐다.

어쨌든 그 후 현재까지 주요인물들의 생사가 확인되지 않지만, 그들이 살아 있을 것이며 마샬 공작령 쪽으로 이동할 것이라는 추측까지 전부 털어놓았다.

침묵과 탄식이 장내를 지배했다.

금줄인 줄 알고 보았는데 알고 보니 썩은 줄인 그러한 심정이랄까.

그러한 만큼 그 썩은 줄을 금줄까진 아니라도 평범한 줄로 재생시킬 방안을 찾아야 한다.

"그렇기에 나는 침몰하는 배에서 언제든 탈출할 수 있게 준비할 생각이다."

"맞습니다. 침몰하는 배에선 탈출이 우선이지요."

"체면이나 의리가 생존보다 우선이 될 순 없지요. 그러한 것은 소설 속에나 나오는 일일 뿐입니다."

아이란의 생각에 가신들이 동의했다.

기사도를 중요시하는 기사 쪽은 못마땅한 듯했지만 그들 역시 영지의 생사가 걸린 문제이기에 딱히 불만을 터뜨리진 않았다.

그렇게 킹스로드의 상황에 따라 그락서스가 취해야 할 방안에 대해 의논했다. 그것은 아이란이 집무실에서 생각한 것과 큰 차이가 없었다.

그 후 아이란은 가신들에게 그 외의 것들에 대해 의견을 요

구했다.

"자, 그럼 이제 모두 각자의 생각을 말해보도록."

아이란이 모두의 의견을 물었으나 다들 쉽게 입이 떨어지지 않았다.

자신의 한마디 한마디가 미래에 어떠한 결과로 다가올지 알 수 없으니 고심에 고심을 거듭하며 말을 아끼는 것이다.

"아무런 이야기나 좋다. 일단 꺼내보도록."

"저… 그럼 제가……."

말론이 슬며시 손을 들었다. 몇 번을 회의에 참여한 그이지만 눈알을 불안하게 데굴데굴 굴리며 눈치를 보는 그 모습은 한결같다.

"말해보게."

"예에……."

힘없는 목소리로 말론이 의견을 개진한다. 말을 더듬지 않는 것만으로도 다행이다.

"국왕 전하께서 승하하시고 수도에서 전쟁이 벌어진 만큼 앞으로 나라 전체가 흉흉할 것입니다. 나라 전체에 걸쳐 물가가 폭등할 것은 틀림없는 사실. 영지를 위해 어느 정도 자금을 축적해 둘 필요가 있습니다. 그런 이유로 한 푼이라도 아쉬운 지금, 현재 바닷가에서 젤만 경이 진행 중이신 사르딘 개발과 백작 각하께서 데려오신 상인의 흰 소시지 개발을 중

지해야 하는 것이 아닌가……."

"하지만 그것은 장차 그락서스를 먹여 살릴 젖줄이……."

"…나라가 흉흉하고 물가가 오르는데 그러한 것을 사 먹을
여유가 있겠습니까? 그러한 것은 후 상황이 어느 정도 정리,
수습되고 개발하여 판매하여도 늦지 않을 것 같습니다."

일리가 있는 말이다.

당장의 금전이 아쉬운 지금 식품사업부를 구성할 상품을
개발하고 있는 젤만과 제프에게 들어가는 돈은 기약 없는 투
자일 것이다

어느 정도 성과가 나오긴 했지만 언제 본전을 뽑을 수 있을
지도 모르는 지금 말론의 의견은 타당성이 있었다.

"상당히 일리가 있는 말이군. 그렇지만 말론, 만일 그들의
연구비 때문에 돈이 모자란다면 가문의 사재를 털어서라도
채워 넣을 터이니 그 문제는 걱정하지 말게."

맞는 말이긴 하지만 그래도 연구는 한 번 진행하면 쭉 계속
해야 한다.

한 번 흐름이 끊기면 이제까지 진행해 오던 모든 것이 수포
가 될 수도 있었다.

사르딘은 그 마을에서 생산된 것보다 조금 떨어지는 품질
정도까지 끌어올렸으며, 흰 소시지 역시 저장성을 올리고 유
통에 편리하도록 개량 중이다.

조금만 더 진행한다면 성과를 이룩할 것이 틀림없었다. 아이란은 그리 확신했다.

"예, 알겠습니다."

"다른 것은 없나?"

"현재 비축 중인 무기와 식량의 양을 늘려야 할 것입니다. 특히 식량은 영지에 배급할 시 일 개월 정도의 양을 비축 중이온데 삼 개월, 그것이 무리라면 이 개월의 양까지는 늘려야 할 것입니다. 그리한다면 식량 가격이 폭등하더라도 대처할 수 있거니와, 쓸 일이 없어 묵혀두더라도 영지민들에게 시세보다 살짝 싸게 풀면 되니 그리 큰 손해도 입지 않을 것입니다."

"좋군. 그런데 비축량을 늘린다면 밀과 보리보다는 값싼 잡곡 쪽이 더 나을 것 같은데?"

"맞습니다. 수도의 여파로 중부 쪽에선 밀과 보리 시세가 하늘 높은 줄 모르고 치솟고 있겠지요. 그것을 생각해 본다면 잡곡이 비용 면으로 보나 효율적으로 보나 훨씬 낫습니다. 이른바 가성비라고 할까요?"

"가성비……. 좋군. 그럼 그것은 물론 자네에게 맡기지. 기획을 서류로 작성해 내게 올리도록 하게."

"알겠습니다."

"다른 사람들은 의견이 없나?"

번쩍!

발론 자작이 손을 번쩍 들었다.

"말해보게, 발론 자작."

"예, 백작 각하. 제 의견은 검은 매 기사단의 장비 교체입니다."

"장비 교체? 기사단의 무구는 자체적으로 배정해 준 예산 내에서 자유롭게 운용할 수 있게 해두었지 않나. 혹 설마 그 예산을 전부 사용한 것인가?"

"죄송하오나, 맞습니다."

"저번까지 부족한 것이 없던 예산이 갑자기 부족한 이유가 무엇인가?"

"백작 각하께서 전수해 주신 그락서스 가문의 비기 등을 익히는 과정에서 예상 외로 많은 지출이 생겼습니다. 기사단 의 예산이 남아 있긴 합니다만 장비를 교체하기 위해서는 턱 없이 부족합니다."

"장비의 교체라……. 어떠한 장비를 교체한다는 말이지?"

"현 기사단원 대부분은 타이런트 메이스에 대해 어느 정도 성취를 이룬 편입니다. 그에 기사단 내에서 타이런트 메이스 를 위해 전용 무기를 생산, 통일하자는 의견이 나왔습니다."

"전용 무기라……."

"타이런트 메이스의 힘을 극대화시킬 수 있는 무기를 가지고 있다면 기사단의 힘은 한층 증가할 것입니다. 기사단의 무력 증가는 영지 전체를 위해 좋은 일 아니겠습니까."

"그렇지. 지금과 같은 상황이라면 더더욱 중요하지."

아이란이 고개를 끄덕이자 발론 자작의 얼굴이 밝아졌다.

"그렇다면 어느 정도……?"

말론이 발론에게 물었다.

"종자를 제외하고 기사단원 전부에게 지급한다면 아무래도 인당 삼십 페니는……."

"안 됩니다!"

말론이 소리쳤다.

"현 백작가의 빠듯한 재정 상황으로 볼 때 인당 삼십 페니는 무리입니다!"

관리청장이자 수석관리, 영지의 재무를 관리하는 말론의 입장에서 조금 전 자신의 의견인 비축을 위해서라도 한 푼이라도 아껴야 했다.

그런데 기사단에 대량으로 지출하는 것은 자신의 안에 큰 걸림돌이었다.

"인당 십 페니. 그 이상은 무리입니다."

순식간에 삼분의 일로 줄었다.

발론 자작이 말론을 노려보았다. 평소 소심하기론 둘째가라면 서러운 말론이지만 전혀 눈을 피하지 않고 오히려 부라

리기까지 했다.

이글이글.

두 사람의 서로를 잡아먹을 듯한 눈빛.

그것을 사람들은 구경꾼이 되어 바라보았다.

곤란한 표정으로 바라보는 이들과 흥미진진하게 바라보는 이들.

그것에 종지부를 찍은 것은 역시나 한 명뿐.

"그만."

아이란이다.

"둘 다 그만하고 자리에 앉도록."

그에 둘이 자리에 앉았다.

"발론 자작은 내게 서류로 정리하여 제출하도록. 충분히 검토 후 결정하도록 하지."

발론 자작의 얼굴이 밝아지고 말론의 얼굴이 어두워졌다.

"그렇지만 영지의 재정으로 지원 가능한 것은 말론 훈작과 상의할 것이다."

이번엔 말론의 얼굴이 밝아지고 발론 자작의 얼굴이 어두워졌다.

"만일 부족하다면."

꿀꺽!

둘이 침을 삼키는 소리가 천둥과 같다.

"가문의 사재에서 털어 주도록 하지."

이러다 아이란의 대에서 그락서스 가문이 파산하는 것이 아닌지 모르겠다.

그러거나 말거나 아이란은 그 후에도 각종 지원을 남발해 가며 회의를 진행했고, 결국 달이 뜨고 나서야 회의는 끝이 났다.

CHAPTER
9

배부른 사자는 없다.

—어느 학자

그날의 회의로부터 삼 일이 흘렀다.

회의 결과에 따라 올라온 각종 서류와 보고서들. 아이란은 가슴을 부여잡으며 결제 도장을 찍어주어야 했다.

도장을 한 번 찍을 때마다 가문의 사재가 뭉텅뭉텅 도려내어지고 있었다.

다른 대부분의 가문과 달리 그락서스는 영주 일가의 재산과 영지의 재산을 따로 나누어 처리하고 있었다.

어떻게 보면 영주의 권한을 제한하는 셈일 수도 있지만 부정부패 등을 막을 수도 있고, 이러한 편이 영지 발전을 위해 더 나을 것이라는 선조의 지침이었다.

물론 영지와 가문의 재산이 개별이기에 아이란이라고 무턱대고 가문의 사재를 동원하는 것은 아니었다.

자금을 대주긴 하지만 어디까지나 대출이다.

그락서스 '영지'가 그락서스 '가문'으로부터 돈을 빌린 셈이다.

그게 그것 같지만 엄연히 달랐다.

어쨌든 지금은 그러한 것을 뒤로하고, 쾅쾅. 영주의 인장이 계속 서류와 거친 키스를 나누었다.

머리를 부여잡으며 씨름하고 사재가 털리는 이중고에 잠깐 쉬는 시간을 가지고 있는데, 칼이 들어왔다.

"전령이 왔습니다."

"어디에서?"

"마샬 가문입니다."

마샬 가문에서 왔다.

누구겠는가? 보낼 사람은 단 한 명밖에 없다.

"역시 아르낙스 형님은 살아 계셨나 보군."

"예. 왕자와 공주 전하도 살아 계시다고 합니다."

역시.

쉽게 죽을 사람이 아니다.

"전령을 들여보내도록. 어떠한 내용을 가지고 왔는지 궁금

하군."

"알겠습니다."

들어온 전령은 예를 갖춰 아이란에게 인사를 올린 후 곧바로 품에서 서신을 한 장을 꺼내어 칼에게 건네었다.

아이란의 눈짓으로 허락을 받은 칼은 서신의 봉인을 풀어 위험을 확인한 후 아이란에게 건네었다.

아이란의 눈이 서신의 글자를 훑었다.

'친애하는 내 동생 아이란 그락서스……'

이러한 부분들은 그냥 넘기고 서신의 핵심을 찾았다.

'지금쯤이라면 너도 들었겠지만 수도에서 무력 전쟁이 일어났다. 본격적인 킹스로드의 시작이지. 부끄럽게도 우리는 우리가 유리하다는 자만에 빠져 방심했단다. 그 결과 우리는 돌이킬 수 없는 결과를 만들게 되었지.

모두 나의 잘못이다.

왕자를 잘 보필하지 못한 것도, 만연해 있는 자만과 방심을 지우지 못한 것도, 그 외 모든 것이 다 나의 잘못이다.'

아르낙스는 뼈저리게 반성하고 있었다. 그러나 그러면 어쩔 것인가. 이미 수도는 빼앗긴 후인데.

뭐, 반성하지 않는 것보단 낫지만 마냥 좋게 봐줄 수 있는 것도 아니다.

수도를 차지한 이 왕자 파벌이 절대적으로 유리해졌기에.

어쨌든 계속 읽어나 보자.

'이러한 잘못을 되돌릴 수는 없지만, 우리는 할 수 있는 최선의 일을 할 생각이다.

곧 마샬과 이도란, 알비란을 주축으로 한 연합군이 결성될 것이다.

목적은 당연히 수도를 공략하고 이 왕자를 끌어내는 것이지.'

'역시.'

연합군이 곧 결성될 것이라 예상했다. 사실 할 수밖에 없는 일이기도 하고.

그대로 이 왕자가 수도를 차지한 채 왕으로 선언하길 기다릴 수는 없지 않은가.

'그렇다면 군사의 소집, 혹은 후방을 맡기려는 것인가?'

답은 서신을 읽어보면 나올 것이다.

'마음과 같아선 그락서스 역시 군을 소집해 수도 원정에 참여

하여 주었으면 한다. 그렇지만 이것은 무리겠지.'

아이란이 고개를 끄덕였다.

'그렇기에 네가 후방을 맡아주었으면 한다. 수도 탈환을 위한 연합군이 결성된다면 마샬은 주축을 맡아야 한다. 그렇기에 치안을 제외한 영지의 병력 대부분을 소집할 생각이다.

그때 위험해지는 것은 외부로부터의 위협이지. 특히 너와 나 사이에 존재하는 뮤톤 백작령은 큰 위협이다.

귀족원장과 행보를 같이하던 것 같던 그가 귀족원장이 실종되자 이 왕자를 향해 배를 갈아탔지. 혹 마샬 가문의 병력이 일거에 빠진다면 그가 공격하지 않으리란 보장이 없다.

그렇기에 네가 그를 견제하여 주었으면 한다.

국경에서 국지전을 일으키는 등 그러한 적극적 움직임은 바라지 않는다. 마샬 가문을 치기 위해 뮤톤이 움직인다면 기회를 보아 빈 땅이 되어버린 마샬을 공격하는 정도, 그 정도면 된다.'

'후자로군.'

후방에서 마샬 영지를 보호하는 역할. 그것이 아이란의 역할이었다.

연합군에 직접적으로 소집되는 것보다 훨씬 낫다고 할 수 있었다.

만약 소집이 되었다면 병력 구성도 구성이거니와 길이라 곤 뮤톤 백작령을 통해 가는 길밖에 없기에 소집에도 크나큰 애로 사항이 꽃피게 된다.

그렇기에 후방 견제 역할은 아이란의 상황에서 가장 잘 맞는 역할이라 할 수 있었다.

획.

아이란이 칼에게 보여주었다.

한 구절 한 구절 신중히 읽은 칼이 고개를 끄덕였다.

"잠시 쉬면서 기다려 주겠나? 식사라도 하도록 하게. 회의를 통해 바로 답을 주도록 하지."

"알겠습니다, 백작 각하."

곧바로 회의가 소집되었다.

다행히 대부분 주요 가신이 성내에 존재했기에 회의는 문제없이 진행 되었다.

가신들은 사실로 확인된 수도의 상황에 대해 낙심하고 우려를 표시했으며, 뮤톤 백작령에 대한 견제 정도의 역할을 배정받은 것에 대해 안심을 토로했다.

결국 회의의 결론은 아르낙스의 제안을 받아들이는 것으로 끝났다.

순조롭게 진행되었기에 곧바로 끝난 회의의 답을 그 자리에서 전령을 불러 전해주었다.

"틀림없이 공작 전하께 전하겠습니다."

"그래, 수고하여 주게."

전운을 남기며 전령이 돌아갔다.

*   *   *

"그래, 그락서스 백작이 제안을 받아들이겠다 했다고?"

"예, 공작 각하."

"다행이군. 최악의 경우 이탈도 우려했는데. 나중에 아이란에게 밥이나 한 끼 사야겠어."

아르낙스가 안도의 한숨을 내쉬었다.

"그땐 나도 함께 내도록 하지."

또 다른 목소리. 제3의 인물의 목소리였다.

"그거 참 감사합니다, 데이비드 왕자 전하."

데이비드!

수도에서 쫓겨난 일 왕자가 빙긋 웃었다.

"고마우면 내게도 밥 한 끼 사면 되겠군."

"아서십쇼."

"후후."

데이비드의 나직한 웃음이 방 안에 흘렀다.

"자네는 나가보게."

"예, 공작 각하."

전령이 나가자 분위기는 한층 풀어진다.

"세실이 없는 것이 아쉽군. 그 아이는 잘하고 있으려나?"

왕도를 탈출한 뒤 세실 공주는 아르낙스와 데이비드 쪽과 찢어져 그녀 쪽 인물들과 알비란 영지로 향했다.

"왕자 전하 걱정이나 하십쇼. 세실 공주는 어련히 알아서 잘할 겁니다. 애초에 세실 공주 말을 들어 먼저 쳤으면 이렇게 되지 않았잖습니까."

"윽!"

데이비드가 가슴을 움켜쥐었다. 마치 비수에 심장이 찔린 듯한 연기.

잠시 호흡을 고른 그가 입을 열었다.

"그거야 나는 좀 더 신중을 기하고 준비를 좀 더 철저히 하자고 한 것이지. 그때 승률을 따져보면 오 대 오였잖아. 주변 상황도 중립 귀족들이 우리에게 많이 붙고 있었고, 전체적으로 우리 세력이 하루가 다르게 불어가고 있었잖아. 그렇기에 만전을 기해 육 대 사, 칠 대 삼이 되어 승리를 확신할 수 있을 때까지 기다리려 한 것이야."

"네, 네, 알겠습니다."

사실 데이비드 왕자의 의견도 틀린 것이 아니다.

만전을 기해 확실한 승리를 쟁취하자, 불필요한 희생을 줄이자.

대승적인 면에서 본다면 그의 생각은 아주 좋은 생각이다.

혹 전력의 차이가 압도적으로 벌어진다면 무력 전쟁을 벌이지 않고 가브리엘 쪽이 항복을 해올 수도 있었다.

그러나 그것도 생각뿐.

만전에 만전을 기한 곳은 오히려 그쪽이었다.

불어가는 세력에 취해 적이 비수를 가는 것도 알지 못했다.

아니, 알고 있었어도 충분히 막아낼 수 있다는 생각이었을지도 모른다.

'뭐, 후회해 보았자 무엇 하겠는가.'

그렇지만 아쉽다.

몇 번을 생각해도 한결같은 이 감정.

후회는 그만두고 지금 할 수 있는 일을 하자 생각하지만, 끝없이 머릿속에서 아르낙스를 괴롭히고 있었다.

아르낙스의 표정이 실시간으로 어두워지고 굳어지는 것을 본 데이비드가 움찔했다.

그리고선 슬며시 일어나 살금살금 방문을 향해 다가갔다.

몰래 빠져나가려는 속셈.

"데이비드 왕자님."

"으응?"

"잘해봅시다. 왕성 밥 먹게 되면 꼭 초대해 주십시오."

"당, 당연하지!"

호언장담, 큰 소리로 약속하는 데이비드 왕자였다.

＊   ＊   ＊

왕성.

통틀어서 왕성이라고 불리는 그라나니아의 왕성이지만, 실은 거대한 부지에 국왕의 성을 중심으로 여러 개의 성이 존재했다.

그 성들의 주인은 각각 왕과 왕자로 현재는 주인이 없는 성이 꽤 있었다.

그러한 성 중 하나.

중앙의 국왕의 성 역시 선왕이 죽어 주인이 존재치 않았지만, 현재 왕성을 점거한 이들이 존재했다.

"이도란은 신경 쓸 것도 없고, 마샬과 알비란에서 병력이 꾸려지고 있다고 한다."

금과 은, 각종 보석으로 장식된 국왕의 옥좌에 앉은 이.

황금빛 왕관을 쓰고 있는 가브리엘 이 왕자.

그가 그의 앞에 머리를 조아린 이들에게 말을 이었다.

척!

그가 손에 쥐고 있는 거대한 보석이 박혀 있는 왕의 홀을 뻗었다.

"그들이 어떻게 행동할지, 어떻게 대응을 해야 할지 각자의 생각을 말해보라. 짐이 귀히 듣겠노라."

옥좌에 앉아 왕관을 쓰고 왕홀을 들고 있다. 자신을 지칭할 때 사용하는 짐이라는 단어도 사용한다.

이미 가브리엘 이 왕자는 그라나니아의 왕이 된 것과 다름없이 행동하고 있었다.

그리고 부하들의 행동 역시 왕을 모시는 신하의 모습과 별다를 것이 없었다.

"국왕 전하."

"오, 그래, 바질리안트 경. 말해보라."

국왕 전하라 부르는 바질리안트의 말이 더없이 자연스럽고 받는 이도 자연스럽다.

"무엄하게도 역모를 준비 중인 역도에게 전하의 한없이 넓고 깊은 자비를 마지막으로 한 번 내려주심이 어떻습니까? 패배를 인정하고 국왕 전하를 인정한다면 목숨을 살려줄 뿐 아니라 가지고 있는 권력도 어느 정도 보장해 준다면 이것은 국왕 전하의 자비로운 마음씨를 그라나니아 방방곡곡, 백성 하나하나에 알리는 계기이거니와, 저들이 거절을 한다면 평화로운 그라나니아를 전쟁의 소용돌이로 파탄 내려 하는 역도

들을 몰아내는 것이니 명분에서도 좋고 백성들로부터 지지를
얻으실 수 있을 것입니다."

입에 꿀이라도 바른 듯 거침없이 순전히 가브리엘 파벌 위
주의 발언이 쏟아져 나왔다.

듣는 이가 부끄러울 정도의 발언이었으나, 가브리엘은 더
없이 만족스러운 표정으로 고개를 끄덕였다.

"경의 의견, 나쁘지 않군. 그래, 좋아. 내 역모를 준비하는
반역자들을 향해 마지막 태양과 같은 자비를 내리겠노라."

"국왕 전하의 밝고 빛나는 자비 앞에선 태양도 달도 모든
것이 빛을 바랠 것입니다."

"하하하!"

가브리엘이 웃음을 터뜨렸다. 그 반응에 바질리안트는 고
개를 숙여 빙긋 웃었다.

"그래, 다른 이들은 의견이 없는가?"

"국왕 전하."

"로드워드 경, 말해보게."

"만일 역도들이 자비로우신 국왕 전하께서 내리신 자비를
거부한다면 그에 대해 철퇴를 내릴 방법에 대해 의논하고자
합니다."

"좋아, 좋아."

가브리엘이 고개를 끄덕였다.

국왕의 성, 왕의 복장을 갖추었지만 왕이 되지 못한 아류의
왕이 보내는 시간이 흘러갔다.

*   *   *

각자 자신의 시간을 헛되이 보내지 않고 있다.

자신이 할 수 있는 모든 준비를 갖추는 이들.

한 걸음 한 걸음 유혈이 난무할 그때가 성큼성큼 다가오고
있었다.

지금 여기의 이 사람도 그때를 맞을 주역 중 한 사람이었
다.

"출정 준비는 순조롭습니다."

보고를 들은 아르낙스가 고개를 끄덕였다.

"이 원정에 모든 것이 걸려 있다. 철저히 또 철저히 준비해
야 해."

"명심하겠습니다."

"이도란에서 연락은 왔나? 얼마나 준비되었다고 하지?"

"오천 정도 편성이 가능하답니다."

"오천이라……. 우리의 사분의 일이군."

그라나니아의 영지 중에서 최약체로 꼽히는 이도란.

그들의 역량은 오천도 간당간당한 숫자였다. 동맹의 한심

스러운 모습에 아르낙스는 한숨이 나왔다.

"후우."

이도란이 약하기에 일 왕자 파벌의 장도 아르낙스가 맡아야 했다.

다른 가문은 외척 세력의 장이 맡았다.

그만큼 이도란의 세력이 약하기에 오천도 감지덕지해야 했다.

"그나마 정예로 구성하길 바라야겠군."

물론 아르낙스도 알고 있다. 그것이 절대 이루어질 수 없단 사실을.

이제 믿을 곳은 단 한 곳.

"알비란은 어떻지?"

"일만오천의 출정 준비를 모두 끝냈다고 합니다."

"빠르군."

"예. 게다가 훈련 상태는 말할 것도 없거니와 모두 알비란 가문의 금력을 바탕으로 장비도 최고로 맞춘 최정예병이라고 합니다."

"좋아, 아주 좋아."

이도란에 찌푸려졌던 아르낙스가 알비란에 얼굴이 활짝 폈다.

"우리 이만, 알비란 일만오천, 이도란 오천. 사만의 대군이

로군."

사만.

그 얼마나 많은 인의 바다인가.

그야말로 사람으로 산을 깎고 바다를 매울 수 있는 숫자.

뼈저리게 느꼈기에 방심 따위는 하지 않는 아르낙스이지만 머릿속 한편에선 벌써부터 이겼다는 생각이 들 정도이다.

"케트란 쪽은 많아봐야 오천에서 일만일 것이다. 렌빈 대공을 견제하기 위해서 모든 병력을 소집할⋯⋯."

그 순간.

아르낙스의 머릿속에서 한 가지 생각이 번뜩였다.

'왜 렌빈 대공을 견제할 것이라고만 생각하고 있지? 만약 그들이 렌빈 대공과 협력한다면?'

선왕 때부터 독립과 전쟁을 부르짖던 그의 이미지 때문에 렌빈 대공이 이번 역시 호전적으로 나오리라 생각되었다.

그런데 혹 렌빈 대공이 이 왕자와 케트란과 손을 잡는다면?

렌빈 대공은 마샬 공작과 함께 대영주 중에서도 대영주로 손꼽히는 존재.

그런 그가 이 왕자와 함께한다면 묶여 있던 케트란 가문의 역량 역시 온전히 킹스로드에 쏟아부을 수 있게 된다.

데이비드와 세실이 모종의 협상을 통해 파벌을 하나로 합친 만큼, 이 왕자와 렌빈 대공 역시 협상을 하지 말란 법이 없었다.

아르낙스가 소매를 걷어 올려 자신의 팔뚝을 바라보았다.

소름이 돋아 있다.

*   *   *

거대한 대전.

왕의 옥좌에 뒤지지 않을 화려한 옥좌에 앉아 있는 중년인.

금빛으로 번쩍이는 왕관을 낀 그가 턱을 괴며 무심하게 그의 앞에 무릎을 꿇고 있는 이를 바라보았다.

"가브리엘 그 아이를 지원해 달라고 하는 것인가?"

"예, 대공 전하."

"흐음."

대공이라 불린 이의 무심한 반응에 무릎을 꿇은 이는 몸을 움찔움찔 떨었다.

그 모습을 대공은 관심이 없다는 듯 무심한 눈으로 바라보았다.

그것을 느꼈는지 움찔하는 반응이 계속된다.

"글쎄, 어떻게 할까나."

대공의 앞에 선 이가 몸을 떨었다.

무릎을 꿇고 고개를 숙이고 있어 그는 모른다.

전혀 관심을 보이지 않는 대공의 말과 달리 그 눈에 무엇이 깃들어 있는지.

그 무심한 눈을 한층 더 파고들어 가면 그 무엇보다 뜨거운 용암이 깃들어 있다.

무심이란 철벽으로 용암을 숨기고 있는 것이다.

"만일 가브리엘을 지지한다면 내게 무엇을 줄 수 있지? 이미 왕과 같은 생활을 즐기고 있는 나다. 평범한 것들론 나를 움직일 수 없어."

자, 무엇을 던질 것이냐!

나를 움직여 보아라!

드디어 자신의 차례가 왔다.

이때가 바로 대공이 움직일지 움직이지 않을지를 결정하는 때.

절대 실수해서는 안 된다고 다짐하며 가브리엘의 전령 솜즈 백작이 입을 열었다.

"대공 각하 밑으로 3대까지 대공위의 유지 어떻습니까?"

현 대공의 아들, 손자, 증손자까지 대공위가 보장된다는 것.

언뜻 들으면 꽤 좋아 보이긴 하다.

"글쎄. 그것으로 끝인가? 설마 정말 그것으로 끝은 아니겠지? 그렇다면 실망이야. 대공위 따위, 그냥 명예직에 불과하지 않은가. 실제 대우도 다른 대영주들과 별다를 것도 없고."

대공의 말대로 대공이라는 지위가 귀족의 최고위이긴 하지만, 다른 대영주들과 권한 면에선 똑같다.

아니, 대영주 자체가 최고위의 귀족들이다.

숍즈 백작은 다른 조건을 내놓아야 했다. 그렇지 않을 시 대공을 끌어들일 수 없었다.

"대공 직위 보존에 삼 년간 세금 면제 어떻습니까?"

생각할 가치도 없다는 듯 바로 고개를 젓는 대공이다.

"다음."

"오 년……."

"다음."

"십 년……."

"그건 좀 끌리는군."

"그렇습니까? 그렇다면 다행……."

"그렇지만 다음."

"수도로부터의 지원 강화……."

"다음."

이쯤 되면 모두 알 수 있을 것이다.

대공이 원하는 것이 따로 있다는 사실을. 그리고 그것을 숍즈 백작 역시 알고 있었다.

지금 이 대화는 불필요한 대화가 아니라 그것을 받기 위해, 주지 않기 위해 치르는 혀로 하는 전쟁이었다.

"그렇다면 이것을……."

"다음."

결국 먼저 백기를 든 것은 언제나 아쉬운 입장이다.

"하아, 좋습니다."

숌즈 백작이 백기를 들었다.

나른한 대공의 눈에 살짝 힘이 들어갔다.

"공국으로 독립."

"좋군."

공국.

그 얼마나 매력적인 단어인가.

본국이라는 울타리 안에서 보호받으면서 외교, 국방 등 여러 가지 사항에 걸쳐 어느 정도 독립권을 부여받는 그야말로 한 나라.

대영주들의 영지와 비슷한 개념이긴 하지만 그보다 상위의, 모든 대영주의 꿈이나 마찬가지였다.

단적으로 대영주는 국왕에게 세금을 내고 외국과의 전쟁시 병력이 차출되는 등 부역의 의무를 지지만, 공국의 공왕에겐 그러한 것이 없다.

그야말로 진정한 또 하나의 왕이 되는 것이다.

"그런데 그것뿐인가?"

"……!"

대체 이 인간의 욕심은 어디까지란 말인가.

숌즈 백작이 대공과 눈을 마주쳤다.

그 나른한 눈은 피하지 않고 숌즈 백작을 마주 보았다.

"무엇을 원하시는지요?"

숌즈 백작의 말에 대공이 빙긋 웃었다.

"땅."

"땅?"

"그래, 땅."

대공의 웃음이 불길하다.

"케트란 가문의 땅. 그것을 내게 주게."

"……!"

숌즈 백작이 입을 딱 벌어졌다.

대체 이 대공이 정신이 있는 것인가!

케트란 가문의 영지를 달라니!

그야말로 자신이 똑바로 들은 것인지 의심이 될 정도이다.

"그, 그것은 무리입니다!"

"호오! 왜 무리라고 생각하지?"

"당연하지 않습니까? 케트란 가문이 이를 허락할 리가 없습니다!"

그 누가 조상 대대로 물려받고 가꾸어온 땅을 남에게 넘기고 싶어할까.

그것도 줄곧 대립해 오던 이들에게.

"킹스로드에서 가브리엘이 승리한다면 남는 땅이 많을 것이 아닌가? 직접적으로 참여하는 마샬이나 이도란, 알비란 등, 그러한 곳으로 케트란 가문이 옮기면 되지 않는가."

말은 좋다.

그런데 그것이 현실로 이루어질 수 있는 문제인가.

숌즈 백작이 생각하기에 그것이 이루어질 확률은 한없이 무(無)에 가까웠다.

"그것은 제 권한을 넘어서는 일입니다."

"그렇다면 가브리엘과 케트란 후작에게 물어보면 되겠군. 어서 꺼내보도록 하게. 대륙에서 가져온 통신 장비가 있다는 사실을 알고 있네."

그 압도적인 단가 때문에 고위 귀족도 쉽사리 사용하지 못한다는 마법을 통한 통신 장비.

숌즈 백작은 만일의 사태를 대비해 하나 가져왔다.

결국 그가 손짓하자 수행원 하나가 사람 얼굴만 한 통신구를 가져왔다.

"작동시키도록."

"예."

숍즈 백작이 그의 앞에 통신구를 놓아두고 작동시켰다.

잠시의 시간이 지나자 통신이 연결되었다.

통신구에서 위로 빛이 쏘아지더니 반투명한 거울 같은 것이 커다랗게 생겨났다.

그 거울은 앞에 있는 이를 비추지 않고 다른 인물을 내보냈다.

―오랜만입니다, 대공.

"허허, 그래. 오랜만이로구나, 가브리엘. 네 복장을 보아하니 벌써 왕이 된 듯싶어 굳이 잘 지냈는지는 묻지 않아도 되겠구나."

나타난 이는 가브리엘 이 왕자였다.

그를 바라보는 대공의 미소가 짙어져 있다.

"네가 바쁠 터, 바로 본론으로 들어가도록 하겠다."

―예, 좋습니다.

"케트란 가문의 영지를 내게 다오."

―흠, 제가 잘못 들은 것 같습니다만?

역시나 가브리엘 역시 숍즈 백작과 같은 반응이다.

"케트란 가문의 영지를 내게 달라고 했다."

한참의 침묵.

그 끝에 가브리엘이 입을 열었다.

—대공, 제정신입니까?

그의 장고 끝에 나온 말에 대공이 너털웃음을 터뜨렸다.

"으허허허!! 그렇고말고. 내 정신은 또랑또랑 아주 멀쩡하다."

—그렇다면 어찌 그런 말씀을 하실 수 있는 것입니까?

"그 정도는 받아야 내가 움직일 맛이 날 테니까."

—…….

"어차피 킹스로드가 끝나면 빈 땅이 많이 생기지 않느냐? 케트란 영지를 내게 넘기고 국왕 직할령에서 떼어주든지, 멸망한 가문의 영지를 넘겨주든지 해도 되지 않느냐."

그걸 말이라고 하느냐!

가브리엘의 표정이 딱 이것이다.

—그것 괜찮은 조건이로군요.

가브리엘과 다른 목소리. 제3의 인물이 거울 속에 등장했다.

"오랜만이로군, 케트란 후작."

—예, 오랜만입니다, 대공.

"그래, 옆에서 듣고 있던 그대는 괜찮다고 하였지. 왜 그렇지?"

—다른 뜻은 없습니다. 대공의 말 그대로 정말 괜찮은 조건

이란 말입니다.

대공의 미소가 더욱 짙어졌다.

"호오, 북부 항로를 통한 무역을 통해 떼돈을 벌고 있는 영지를 놓아두고 이전하는 것이 정말 괜찮다는 것인가?"

땅을 원하는 입장에서 하지 말아야 할, 가치를 높게 평가하는 말이 나왔다.

―예. 그 이전하는 땅이 마샬 공작령이라면 말입니다.

나왔다.

케트란 후작의 목적이 나왔다.

마샬 공작령은 무역을 통해 금력을 쌓아올리는 두 후작령과 달리 식량을 통해 그라나이아 전역에 영향을 끼치는 영지다.

그라나니아 전체 생산량의 거의 절반에 달하는 식량이 마샬 공작령에서 나온다.

그야말로 식량이라는 절대적인 무력을 소유한 영지.

무역을 통해 거래하는 사치품 등은 없어도 살 수 있지만 인간은 먹지 않는 이상 살 수 없다.

케트란 후작은 사치품을 버리고 그 식량을 살 계획인 것이다.

"후후, 가브리엘, 어떠냐? 케트란 후작령은 마샬 공작령을 원하고 나는 케트란 후작령을 원한다. 서로가 좋다는데, 네 생각은 어떠냐?"

　─하아, 두 분이 좋으시다면 저도 좋습니다.

　"셋 모두 만족하는 결과로구나. 이것으로 협상 타결이
다."

　─그러니 한시라도 빨리 병력을 소집해 주시길 바랍니
다.

　그에 대공이 빙긋 웃는다.

　"이미 모든 준비는 끝났다. 출진만이 남아 있을 뿐."

　─……

　결국 대공은 이 모든 것을 예상하고 자신이 바라온 결과를
이끌어냈다.

　결국 가브리엘은 대공에게 끌려온 것에 지나지 않았다.

　물론 가브리엘 입장에서는 대공의 힘을 얻는 것만으로도
성공이긴 했다.

　대공의 입장에서는 최상.

　가브리엘 입장에서는 최악도 최선도 아닌 미묘한 중간.

　케트란 후작 입장에서는 역시 상.

　각자의 성적표가 매겨졌다.

　"그럼 수도에서 보도록 하지."

　─예.

　─수도에서 뵙겠습니다, 대공.

통신이 끊기고 거울이 사라졌다.

"후후후."

대공이 기지개를 켰다.

북쪽에 잠자고 있던 맹수 렌빈 대공이 몸을 일으켰다.

CHAPTER
10

전쟁이 오고 있다.

War is coming.

—이 시간을 살고 있는 이

타타타타탁, 쾅!

문이 부서질 정도로 거칠게 열리고, 쏟아지는 급보가 고막을 울렸다.

아르낙스는 그 울림에 고통을 호소할 시간도 없이 얼굴을 굳혀야 했다.

"예상이 맞았습니다! 렌빈 대공령에서 병력이 출진, 케트란 령을 관통하여 곧바로 직할령으로 향하고 있다 합니다!"

"…젠장."

최악으로 예상했던 사항이 맞아떨어졌다.

"병력은?"

"두 개의 군단으로 구성된 이만이라고 합니다."

이만. 아르낙스가 동원하는 마샬과 대등한 수. 그러나 그것으로 끝이 아니다.

렌빈이란 족쇄가 풀린 케트란 역시 합류할 것이다.

"젠장. 케트란은 적어도 일만은 운용할 것이다. 삼만에서 삼만오천. 단번에 우리와 격차를 줄였군."

데이비드 쪽은 사만.

가브리엘 쪽은 삼만오천.

단순 계산식으론 데이비드 쪽이 우세하지만, 저쪽은 직할령의 수도인 볼레로디움을 차지하고 있다.

그것을 볼 때 데이비드 쪽이 유리하다곤 절대 말할 수 없었다.

"우리도 빨리 움직이도록 하지. 적어도 볼레로디움에 들어가는 것은 막아야 하지 않겠나."

"예. 오늘로 모든 준비가 갖추어질 것입니다."

"좋아, 갑작스럽지만 내일 출정하도록 한다. 이도란과 알비란에게도 우리의 출정 사실을 알리도록. 웬만하면 그들과 맞추어 출정하려 했으나 우리라도 먼저 나서야겠다."

"알겠습니다."

"그리고……."

"예, 말씀하시지요."

"보고를 해온 요원에게 포상을 두둑이 해주도록 해. 통신 구의 숫자도 넉넉히 배정해 주고."

"알겠습니다."

"좋아."

아르낙스가 옆구리에 달린 검을 뽑았다. 매끄러운, 그러나 시린 검날이 손끝을 통해 고스란히 느껴진다.

이제 곧 이 은백의 도화지에 붉은 그림을 그리게 될 것이다.

*   *   *

그라나니아 왕국의 남동쪽 영지, 알비란.

알비란을 지배하는 알비란 후작의 성, 그의 집무실에 부관 이 찾아왔다.

"마샬령에서 연락이 왔습니다."

"무엇이지?"

알비란 후작이 턱을 쓰다듬으며 갸웃했다.

"렌빈 대공이 움직였다고 합니다."

그 말에 턱을 쓰다듬던 손이 멈추었다.

후작의 얼굴이 조각과 같이 표정이 사라졌다.

"어떻게 움직였다는 말인가요?"

여인의 목소리가 대화에 참여했다.

알비란 후작과 함께 있을 여인. 딱 한 명밖에 없었다.

"예, 공주 전하. 대공령에서 이만의 군사가 출정해 케트란 후작령을 통과, 직할령으로 향하고 있다 합니다."

"그 말은 렌빈 대공과 가브리엘 오라버니가 손을 잡았다는 것이군요."

"그렇지요."

알비란 후작이 세실의 말에 동의했다.

"대체 가브리엘 오라버니는 렌빈 대공에게 무엇을 주었을 까요?"

"아마 공국으로의 독립이 아니겠습니까?"

"그 욕심 많은 대공이 그것만으로 움직일까요?"

"허허, 글쎄요."

"뭐, 중요한 것은 그것이 아니겠죠. 아르낙스 공작이 이것을 알린 것은 우리의 출정을 독려하기 위해서일 거예요."

"저도 그렇게 생각합니다. 저희도 최대한 빨리 출정 준비를 마치고 출정해야겠군요."

"빠른 것은 좋지만, 확실히 해야 할 것이에요, 할아버님."

"알겠습니다. 자, 들었나, 부관? 공주 전하의 명이시다. 얼른 가서 전하도록 하여라."

"예."

부관이 나가고, 공주와 알비란 후작이 머리를 맞대고 갖가지 사항에 대해 의논했다.

렌빈 대공이 움직인 이유, 데이비드와의 연계 등.

어떠한 주제로 한참을 이야기를 나누던 중, 알비란 후작이 새로운 주제로 이야기를 돌렸다.

"그런데, 공주 전하."

"예, 말씀하세요."

"정말 괜찮은 것입니까?"

"무엇을 말하는 것이죠?"

더욱 어두워지는 알비란 후작.

"데이비드 왕자와의 동맹 말입니다."

데이비드와의 동맹.

그것은 전적으로 알비란과 마샬 등은 배제하고 데이비드와 세실 두 사람의 전권에 의해 체결된 것이다.

그렇기에 알비란 후작 역시 두 사람이 어떠한 이야기를 나누었고 어떻게 동맹을 체결하게 되었는지 자세한 사항을 몰랐다.

싱긋.

세실 공주가 미소를 지었다.

"후작."

"예."

할아버님이 아닌, 후작이란 말.

그것은 한순간이나마 세실과 후작의 거리감을 그대로 느끼게 해주었다.

"후작은 나를 못 믿나요?"

"그러한 것은 아닙니다만……."

사실 수도 전쟁에서 어이없게 밀려난 이후 세실에 관한 신뢰도는 오히려 높아져 있었다.

방심하고 낙관에 젖은 이들 중 깨어 있던 이는 소수.

그중 한 명이 바로 그녀였다.

미리 술병을 딴 이들 중에서 오직 그녀만이 경고했었다. 최후에 최후까지 방심하지 말라고.

그것을 다른 이들은 고스란히 듣고 흘려보냈다. 지금에 와서는 땅을 치고 후회할 일이다.

그들 중 한 명이 바로 알비란 후작인지라 그는 입이 열 개라도 세실 공주에게 할 말이 없었다.

"그럼 나를 믿어주세요. 이전과 같은 실수는 절대 하지 않아요. 더 이상 방심이란 단어는 제게 없어요."

보다 적극적으로 움직이지 않은 것을 후회하는 말.

그것을 듣는 알비란 후작은 뜨끔해 몸이 움찔움찔했다.

*　　　*　　　*

이번에는 앞전과는 반대로 그라나니아의 북동쪽으로 조금 못 가 그락서스와 마샬 사이 끼어 있는 영지.

마샬보단 못하지만 그라나니아의 식량 생산에 한몫을 하고 있는 뮤톤 영지.

그곳 영도에 가까운 모처에서 무언가 둔탁한 소리가 계속 들리고 있었다.

퍼억! 퍼억! 퍼억!

마치 몽둥이로 고기를 다지는 것 같은 소리.

그곳을 들어가 보면 보통 사람이라면 깜짝 놀랄 만한 일이 벌어지고 있었다.

퍼억! 퍼억! 퍼억!

앳되어 보이는 얼굴의 한 남자가 한 손에 무언가에 붉게 절여진 몽둥이를 들고 단숨을 토해내고 있었다.

그의 앞에는 붉은 웅덩이와 그 위에 널브러져 있는 고깃덩이만이 존재했다. 옷이었던 과거를 가진 천 쪼가리를 걸치고 있어 이 고깃덩이가 사람이었다는 것을 겨우 알 수 있을 정도로 철저히 다져진 시체.

꿈틀꿈틀.

놀랍게도 그 시체, 아니, 사람은 그 정도 상처를 입었으나 살아 있었다.

무어라 의사를 표현하려는 것 같았으나, 그것은 그의 앞에 있는 이의 심기를 더욱 건드렸다.

퍼억!

팔이 크게 휘저어지고, 몽둥이가 제대로 머리였던 흔적을 강타했다.

그것이 마지막이었다. 이번에야말로 육신의 그릇은 부수어지고 영혼이 새어 나갔다.

그렇지만 그것이 이 사내를 멈추게 하진 못했다.

"죽어! 죽어! 죽어!"

퍽! 퍽! 퍽! 퍼억! 퍼억!

빠각!

마침내 붉게 물들다 못해 코팅이 된 몽둥이가 부수어졌다.

그제야 사내는 멈출 수 있었다.

툭.

"하아, 하아, 하아!"

부서진 몽둥이 자루를 시체 위로 던져놓고 숨을 고르는 사내.

불빛에 의해 붉게 물든 그 얼굴. 그락서스 가문의 사람이라면 누구나 알고 있는 그 얼굴.

뮤톤 가문의 딸과 결혼한 이, 크란.

바로 크란 그락서스 뮤톤이라 불리는 사내였다.

숨을 고르며 자신이 만들어낸 참상을 감상하고 있는 크란. 그의 감상을 깨운 것은 갑자기 열린 문이었다.

"누구냐!"

"공자, 저 베르나도트입니다."

약식 갑옷을 입은 기사. 그락서스에서 크란을 따라온 기사 중 한 명이다.

"아, 그래, 무슨 일이지? 내가 분명 먼저 찾을 때까지 이곳에 오지 말라 하지 않았나?"

"그게, 급한 사항입니다. 뮤톤 백작께서 공자를 찾으십니다."

"그래? 빨리 가보아야겠군. 뒤처리는 자네가 해주게."

"윽!"

크란이 가리키는 뒤쪽을 확인한 베르나도트가 깜짝 놀랐다.

"뭘 그런 걸 가지고 놀라고 그러나?"

"아, 아닙니다. 공자는 어서 가시도록 하지요. 이곳은 제가 치워놓겠습니다."

"아아, 적당히 어디 산에 던져놓도록 해. 어차피 비렁뱅이라 찾는 이도 없을 테니까. 시체를 발견해도 산짐승이 한 것인 줄 알겠지."

"알겠습니다."

베르나도트에게 뒤를 맡긴 크란은 곧바로 백작성 뮤톤 백작의 집무실로 향했다.

"찾으셨습니까, 백작 각하."

"오! 어서 오게, 사위."

크란이 말라카 뮤톤을 딱딱하게 칭하는 것에 반해 말라카 뮤톤은 친근하게 크란을 대했다.

"밖에서 바람을 좀 쐰다는 이를 불러들여 미안하군. 워낙 급한 사항이라 말이야."

"아닙니다. 그런데 찾으신 이유가?"

"모두가 움직이기 시작했다.'

"……!"

"가브리엘 이 왕자가 렌빈을 끌어들였다. 그로 인해 데이비드 왕자 쪽은 발등에 불똥이 떨어진 격이 되었지."

"그렇다면 마샬 쪽도 움직이겠군요."

"맞다. 보고에 따르면 출정을 시작했다는군."

"때가 왔군요."

"그래, 때가 왔다. 이 뮤톤이 웅장한 날개를 펼칠 때가!"

말라카 뮤톤 백작의 얼굴이 흥분에 달아올랐다.

그의 머릿속엔 장밋빛의 미래가 펼쳐져 있었다. 말라카 뮤톤은 기필코 그 미래를 쟁취할 생각이다.

그 생각에 이글이글거리는 두 눈이 크란과 마주쳤다.

"일만의 군사를 주겠다."

그의 입이 열리고, 선언되었다.

"마샬을 휘저어라. 크란 그락서스 뮤톤, 너의 실력을 확인할 것이다."

"……!"

"만약 네가 성과를 이룬다면 뮤톤 가문을 네게 물려주겠다."

후계자로 선포하겠다는 말.

그라나니아에 존재하는 아홉의 대영주. 그중 한 명이 될 수 있다는 말이다.

백작의 친아들인 아마르가 그락서스에 억류되어 소식이 없는 지금 데릴사위인 크란이 가장 유력한 후보. 그락서스의 대영주가 되지 못한 크란에겐 당연히 놓칠 수 없는 기회였다.

게다가 일만의 병력을 그냥 주는 것도 아니다.

마샬 공략이라는 원대한 사업에 경험 없는 초보인 자신에게 그냥 맡길 리가 있는가.

분명 경험 많은 장군 등을 붙여줄 것이다.

크란 자신은 그들의 의견을 듣고 잘 조율하기만 하면 된다.

척!

크란이 한쪽 무릎을 꿇었다.

"기필코 마샬을 가져다 드리겠습니다."

그에 만족한 말라카 뮤톤이 너털웃음을 터뜨렸다.

"그래, 그래! 으하하하하하하!!"

그 후 크란과 말라카 뮤톤은 군단의 운용 등에 대해 이야기를 나누었다.

각자의 하루가 저물어 갔다.

                    *   *   *

　말라카 뮤톤이 보고를 받은 그날로부터 이틀 후.
　그락서스에도 그 소식이 닿았다.
　아이란은 긴급히 회의를 소집했다. 이 회의는 외지에 임무를 맡아 나가 있던 젤만을 비롯해 봉신 가문의 인원들까지 모조리 소집된 대회의였다.
　그만큼 중요한 회의였다.
　"칼."
　"예."
　아이란이 칼을 부르자 눈치 빠른 칼이 일어서 상황을 설명했다.
　"그동안 수집한 정보와 마샬 공작 측에서 보내온 서신 등을 종합하여 파악한 것에 따르면 가브리엘 이 왕자와 렌빈 대공이 동맹을 맺은 것 같습니다. 렌빈 대공 측 병력이 케트란 후작령을 통과해 직할령으로 이동 중이며, 그들이 볼레로디움으로 입성하는 것을 막기 위해 마샬 공작 측 병력 역시 이동을 시작했습니다."
　"세실 공주 측은?"

"거리가 거리인지라 아직 소식이 도착하지 않았습니다만, 그들 역시 출정 준비를 어느 정도 마쳤거나 출정했으리라 생각됩니다."

북동쪽 끝의 그락서스와 남동쪽 끝의 알비란.

말을 채찍질해 쉴 새 없이 달려도 한세월이다. 정보가 느릴 수밖에 없었다.

"칼."

"예, 말씀하시지요, 베르만 남작님."

"뮤톤 측은 어떻소?"

"급한 상황이라 자세히 확인되지는 않습니다만, 이미 그들도 이 소식을 받은 이상 출정 준비를 시작한 것으로 보고 받았습니다."

"그렇다면 우리 역시 준비해야겠군."

"맞습니다. 뮤톤이 마샬을 칠 시 그것을 막기 위해 저희 역시 움직여야 하니까요."

그것이 아르낙스와 맺은 약속이니까.

아이란이 눈을 감았다.

그의 머릿속에서 한 광경이 그려지고 있었다.

붉게 물든 초목과 강, 그 어디에나 걸려 있는 시체들. 시체를 파먹는 새들이 부리로 고기를 뜯고 있는 광경.

그것은 그락서스가 될 수도, 뮤톤이 될 수도 있다. 아니, 이

나라 전체가 그렇게 될 확률이 높았다.

이제 곧 펼쳐질 미래라는 것이 가슴을 멍들게, 아니, 찢어지게 했다.

그것을 막고 싶어도 막을 수 없는 무력함이 아이란의 가슴을 난도질했다. 그 상처를 안으며 아이란은 생각했다.

자신의 손이 닿는 한 그 미래를 줄여 나갈 것이다. 최소화할 것이다.

사실 모두들 권력욕을 놓으면 되는 일이다. 그러나 불완전한 인간인 이상 완전을 바랄 순 없었다.

불완전한 인간이기에 완전을 위해 다툰다. 그 원동력은 부가 될 수도, 권력이 될 수도 있다.

만일 아이란이 그러한 자들을 상대하며 모두 함께 권력을 놓자고, 공영을 위해 나아가자고 하면 어떻게 될까?

실제로 아이란이 먼저 권력을 놓는다면?

아마 아이란이 제일 먼저 뜯어 먹힐 것이다. 그는 시체가 되고, 그락서스는 불탈 것이다.

아이란이 생각하기에 자신은 대인배가 아닌 소인배였다. 대의도 중요하지만, 자기 자신의 것을 가장 먼저 아끼고 사랑하는 소인배.

안타깝지만 남의 땅이 불타는 것보다 내 땅이 불타지 않고 무사한 것에 안도를 느끼는 그런 이다. 그렇기에 소인배로서 자신의 것을 지키기 위해서라도 이번 전쟁은 꼭 이겨야 한다.

"모두들."

아이란이 눈을 뜸과 동시에 입을 열었다. 이야기를 나누고 있던 가신과 봉신들이 입을 다물고 아이란을 바라보았다.

"준비를 하라."

그 말이 무엇을 뜻하는지는 모두들 잘 알고 있다.

"검은 매가 일으키는 매서운 바람을 이 그라나니아 전역에 맛보여 줄 시간이다."

모두의 얼굴에 갖가지 감정이 표출되었다. 그러나 공통된 한 가지.

그것은 승리를 의심치 않는 희망.

"예!"

"검은 매 군단의 결성을 승인한다."

검은 매 군단은 그락서스 정예 군단으로, 평상시는 여러 가지 조직으로 분리되어 있으나 결성될 시 모두 합쳐져 하나의 군단으로 형성되는 것을 뜻했다.

그리고 그 해체된 조직은 그락서스의 거의 모든 무력 단체.

쉽게 말해 기사단, 상비군, 예비군 등 그락서스의 모든 무력 단체가 하나로 합쳐지는 것을 뜻했다.

그락서스의 모든 힘이 모인만큼 그 힘은 알피나 섬, 아니, 대륙의 그 어느 나라, 어느 군단에 비교해도 절대 뒤지지 않는다.

마지막으로 구성된 것이 전 세대, 유례없는 대혼란 시기.

괴물들과 야만족이 산맥을 뛰쳐나올 때 마지막으로 구성되었었다.

검은 매 군단의 위력은 대단하여 그들을 멸종 직전까지 몰아넣음으로써 그것을 증명했다.

"발론 자작."

"예!"

"그대는 그락서스의 검은 매 기사단장이자 영지군의 총사령관. 그 자격이 증명되는 고로 검은 매 군단의 부사령관에 임명한다."

"충심으로 이를 받들겠습니다!"

그다음 아이란의 눈길이 가는 이.

"베르만 남작."

"예!"

"그대는 나를 대신해 베르만 영지를 통치하고 뛰어난 군사 운용과 더불어 철벽이라는 이름도 가지고 있는 이. 그대 역시 검은 매 군단의 부사령관이자 그락서스 수비군의 사령관으로 임명한다."

"맡겨주신 은혜, 충성으로 보답하겠습니다."

그들을 시작으로 가신들과 봉신들.

각자의 성향과 현재 직책에 맞게 갖가지 자리가 배정되었다.

만족하는 이도 있었고, 불만족하는 이도 있었다.

애초 모두가 만족할 수 있는 것은 없기에 아이란으로서는 최선의 선택.

이제 이 조합이 잘 굴러가는 것은 아이란에게 달려 있었다.

"신속히 출정 준비를 시작하라. 뮤톤이 마샬을 친다면 그때가 바로 우리가 움직일 시간이다."

"예!"

다른 이들이 분주히 움직일 때, 그락서스 역시 놀지 않았다.

그들 역시 최선의 준비를 위해 노력했다.

*　　　*　　　*

물결이 넘실거리는 바다.

바람을 타고 한 척의 배가 물살을 가르며 전진하고 있다.

에메랄드빛의 연해도, 지옥의 입구와도 같아 보이는 검푸른 심해도 넘어 배는 향했다.

목적지는 알피나 섬.

대륙과 떨어진 나라, 그라나니아가 존재하는 곳이다.

"흐음, 좋구나."

매서운 바닷바람을 즐기고 있는 사내.

슐레스비히 공작이 마치 따뜻한 봄바람을 즐기듯 감상을

토했다.

추운 계절이라 그런지 승객 중 갑판 위로 나와 있는 것은 오직 그뿐이었기에 그는 여유롭게 즐길 수 있었다.

"놀고 있군."

선실에서 갑판으로 나온 또 하나의 사내, 브라간사 공작이 혹평했다.

"여어, 형제여! 그대도 나와 함께 이 따스한 계집과 볼을 간질이며 앙탈을 부리는 이 귀여운 계집을 즐기지 않겠나?"

브라간사 공작을 발견한 슐레스비히 공작이 손을 휘저으며 소리치자, 모두의 시선이 브라간사 공작에게 집중되었다.

아마 햇살과 바람을 말한 것일 테지만 그 표현이 심히 부적절하다.

그렇기에 그들의 눈빛엔 마치 변태를 보는 듯한 혐오의 시선이 담겨 있다.

감히 나를 저놈과 같은 취급하는 것이냐!

이글이글 타오르는 눈빛으로 쏘아보자, 꼬랑지를 말고 고개를 돌리는 이들.

그대로 그의 시선은 슐레스비히 공작에게 옮겨졌다.

저 미친놈은 자신이 과연 어떠한 소리를 지껄이는지 알고나 있을까?

"형제여, 왜 이 몸을 그리 뜨겁게 바라보는 것인가? 설마⋯⋯?"

"⋯⋯."

"안타깝지만 자네의 취향에 내가 응할 수는 없을 것 같군. 그대의 취향에 대해 탐구하고 싶은 마음이 없는 것은 아니나 어디까지나 내 정체성은 계집이라 말일세. 미안하군."

"⋯⋯."

사람들의 시선이 다시 브라간사 공작을 향한다.

변태가 맞잖아!

그러한 시선들. 그것에 슐레스비히 공작은 마지막 쐐기를 박았다.

"만일 그라나니아에 간다면 내 좋은 남정네들이 있는 곳을 함께 찾아보아 주도록 하지."

설마 하던 사람들의 눈빛이 완전히 혐오에 잠기는 것을 보며 브라간사 공작은 노해 소리쳤다.

"필요 없다!"

"정말 괜찮겠는가? 오랜 선상 생활로 굶주릴 대로 굶주린 야수가 자네의 가슴속 깊은 곳에⋯⋯."

"필요 없다니까!"

진심으로 화를 내자 슐레스비히 공작이 움찔하며 두 손을 입으로 가져갔다.

"흑, 너무해. 전부 자기를 생각해서 그런 것인데⋯⋯."

연극에 나오는 비련의 여주인공이 빙의를 한 것 같았다.

표정 연기 하며 눈물 연기까지, 연극배우 못지않게 뛰어났다.

물론 멀쩡하게 생긴 남자가 그러한 모습을 보이자 구토감만 몰려올 뿐.

"미친놈."

브라간사 공작이 문을 열었다.

저 미친놈을 상대할 바에는 그냥 선실로 내려가는 것이 정신 건강에 이로울 것 같다.

"이런, 이런. 내가 잘못했다네, 형제여. 그만 돌아오게."

무시하고 선실로 내려가는 브라간사 공작이다.

"내가 정말로 잘못했네! 돌아오게!"

애타는 목소리에 브라간사 공작의 발걸음이 멈추었다.

마지막이다.

마지막으로 딱 한 번만 기회를 주자. 그 후에는 상종도 하지 말자.

스스로에게 약속하며 브라간사 공작이 다시 갑판으로 올라갔다.

"미안하군, 형제여. 내 진심으로 사과함세."

"알면 되었다."

지금도 부글부글 끓어오르지만, 필사적으로 참는 브라간사 공작이다.

"그래, 왜 올라왔는가?"

"별다른 이유는 없다. 그냥 바람이나 쐬고 싶었을 뿐."

"그런가? 그렇다면 우리 함께 찐하게 끌어안으며 함께 바람을… 미안하네."

끝까지 믿음을 줄 수가 없는 이다.

이런 이와 함께해야 한다는 생각에 브라간사 공작은 속으로 한숨을 푹푹 내쉬었다.

대체 왜 호엔촐레른 대공, 날개의 주인께서는 이러한 자를 자신과 붙여놓았을까.

그렇다고 원망을 할 수도 없다.

필시 그분께서는 무엇인가 생각이 있어서 이렇게 붙여놓았을 것.

그분을 의심하는 것은 불경이기에 브라간사 공작은 곧바로 생각을 지웠다.

지금은 저 지평선 끝까지 푸른 바다를 두 눈에 담으며 마음을 비우기 위해 노력했다.

그러자 순수한 감상만이 마음속 가득 차게 되었다.

따뜻한 햇살.

시원한 바닷바람.

이러한 여유를 느껴본 것이 얼마만이던가.

날개로서, 영주로서, 가장으로서,

자신을 속박하는 수없이 많은 족쇄의 무게에 짓눌리는 괴로움에 일시적이지만 해방되었다.

　브라간사 공작은 이 단물과 같은 자유를 평생은 몰라도 당분간은 잊지 않을 것이다.

　옆에서 살짝 붉어진 얼굴로 '흐웅, 흐웅' 비음을 내는 이는 무시했다.

　한참 행복한 시간에 빠져 있는 브라간사 공작. 그에게 거슬리는 소리가 들려왔다. 언제부턴가 선원들의 움직임이 빨라지고 고성이 난무했다.

　"대체 이 무슨……."

　브라간사 공작의 의문은 곧바로 그들에게 달려온 한 선원이 풀어주었다.

　"아이고! 손님들! 어서 선실 안으로 들어가시구랴!"

　선원의 얼굴엔 다급함이 가득 담겨 있었다. 붉게 흥분되고 땀을 삐질삐질 흘리는 선원.

　"무슨 일이오?"

　"자이언트 나월! 그 괴물입니다!"

　나월(Narwhal)이면 뿔이 달린 고래를 뜻한다. 그런데 자이언트?

　괴물이라 칭할 정도면 대체 얼마나 거대하길래?

　슈욱!

푸화아아아아악!

의문은 곧바로 풀렸다.

웬만한 저택과 같은 크기의 괴물이 바다 속에서 튀어나와 다시 해수면으로 들어갔다.

그 후폭풍으로 생긴 거대한 물기둥.

그것만 해도 배의 높이를 훨씬 뛰어넘었다.

후두두두두두둑!

마치 비처럼 짠물이 쏟아졌다.

"이야! 굉장한걸!"

전혀 긴장감이 없는 사내 슐레스비히 공작. 감탄을 터뜨리는 그를 선원이 어이없다는 듯 바라보았다.

"손님들! 감탄하실 때가 아니오! 얼른 들어가시오!"

"아아, 걱정하지 말라고, 형제여. 우리가 어련히 알아서 할까. 형제는 형제의 할 일이나 하시게."

"젠장! 마음대로 하시구랴!"

선원이 포기하며 자신의 자리로 뛰어갔다.

"형제."

"왜 그러지?"

"형제가 할 것인가? 하기 싫다면 내가 하고."

"내가 하지."

"호오! 오랜만에 보겠구만."

브라간사 공작이 품에서 짧은 막대기 하나를 꺼내 쥐었다.

지잉!

막대기의 양 끝에서 리히트가 솟아 마침내 완성된 것은 푸른빛으로 빛나는 트라이던트.

그것을 잡고 브라간사 공작은 자세를 잡았다.

"호오! 제피로스의 권능창!"

슐레스비히 공작이 감탄을 터뜨렸다.

푸화아아아아아악!

브라간사 공작이 손을 높이 띄우고 창을 회전시켰다.

푸른빛의 창이 푸른 원반으로 보일 정도의 회전!

그 회전은 끝없이 계속되었다.

갑판 위의 이가 모두 행동을 멈추고 그 모습을 멍하니 바라보았다.

그들의 상식에서 도저히 믿겨지지 않는 일이 벌어지고 있었다.

"저, 저거……."

"내가 보고 있는 것이 그것 맞지?"

"맞는 것 같은데……."

마치 환상 속에 들어와 있는 것 같은 그들.

그들의 앞에는 거대한 회오리가 회전하고 있었다.

회오리의 바람에 돛이 미친 듯이 찢겨질 듯 펄럭였다.

그에 정신을 차린 한 선원이 외쳤다.

"뭐 하고 있어! 얼른 돛을 내려!"

그제야 부랴부랴 움직이는 이들. 그러나 그들의 시선은 계속 한쪽으로 향하고 있었다.

"인기 좋은데, 형제? 오늘 밤 상대는 궁하지 않겠어?"

슐레스비히 공작의 키득거림을 뒤로하고 브라간사 공작은 창을 회전하는 데 집중했다.

회오리는 더욱 커져갔다.

이대로 가다간 배가 부수어져 버릴 것이다. 그러나 그는 지금 놓을 수가 없었다.

그는 지금 타이밍을 노리고 있었다.

바로 지금을!

푸화아아악!

해수를 뚫고 자이언트 나월이 뛰어올랐다. 튀어 오른 나월의 머리 끝, 뿔은 배를 향해 있었다.

이대로 가다간 배가 그대로 부서질 판.

이때가 바로 기회다!

브라간사 공작이 회오리를 쏘아 보냈다.

콰콰콰콰콰콰!

우어어어어어!!

격중당한 자이언트 나월이 비명을 질렀다. 회오리는 자이언트 나월의 몸을 실은 채 칼날 같은 바람으로 전신을 난도질하고 있었다.

흘러나온 피로 인해 붉은 피의 폭풍이 되었다.

피의 폭풍은 자이언트 나월의 살점이 뭉텅뭉텅 우수수 떨어져 나가고 전신을 붉게 물들인 후에야 그쳐들었다.

하늘 높이 올라갔던 자이언트 나월의 신체가 바다로 추락한다.

그때!

쉬이이이익!

푸른 섬광이 자이언트 나월을 꿰뚫었다.

배!

배의 브라간사 공작이 창을 던진 것이다.

우어어어어어어어어!!

푸화아아아아악!

자이언트 나월은 마지막 비명과 함께 바다로 추락했다.

집채만 한 파도가 배를 덮쳤지만, 어찌어찌 넘어갈 수 있었다.

잠시 후, 자이언트 나월의 시체가 떠올랐다.

오랫동안 이 바다의 제왕으로 군림하던 괴물치곤 허무한 최후였다.

아마 이 인외의 존재들을 만나지 않았다면 자이언트 나월은 그 수명이 다할 때까지 바다의 제왕으로 군림했을 것이다.

*   *   *

그 후의 여행은 평화로웠다.

배의 은인으로서 두 공작은 모든 최상의 편의를 제공받았고, 그들이 무슨 짓을 하든 아무런 제재도 받지 않았다.

"으하함, 따분하군."

슐레스비히 공작이 입을 쩍 벌렸다.

며칠 내내 망망대해만 바라보던 슐레스비히 공작이다. 높은 돛대 위에서 바라보는 풍경은 다를까 하여 올라왔지만, 처음에만 조금 신기했을 뿐, 이곳 역시 곧 지루해졌다.

이곳에 있어봤자 할 것도 없고, 차라리 브라간사 공작을 놀리면서 노는 것이 훨씬 유용하게 시간을 보낼 듯하다.

결국 슐레스비히 공작은 돛대에서 내려오기 시작했다.

그러던 중,

슐레스비히 공작의 눈에 들어오는 무언가!

"섬!"

그렇다!

거대한 섬, 아니, 대륙이라 불려도 될 정도의 섬이 지평선 너머에 나타났다.

그는 알고 있었다.

저 섬의 이름이 무엇인지!

"알피나 섬! 그라나니아다!"

그렇다! 알피나 섬! 그라나니아 왕국!

"그라나니아 왕국이다! 그라나니아 왕국이 보인다!"

슐레스비히 공작의 외침에 다른 사람들의 시신이 모두 지평선 쪽으로 향했다.

그리고 그들 역시 그라나니아를 발견했다.

"우오! 도착했다!"

"그라나니아가 보인다!"

들뜬 선원들.

그들 사이에서 브라간사 공작 역시 그라나니아 쪽을 바라보고 있었다. 마침 바람도 그들을 환영하는 듯 순풍이 불었다.

배는 그 덕분인지 순식간이라 느껴질 정도로 빠르게 그라나니아에 도착할 수 있었다.

배가 항구에 접안되고, 다리가 놓아졌다.

슐레스비히 공작과 브라간사 공작.

두 공작이 드디어 그라나니아에 상륙했다.

『그락서스의 군주』 5권에 계속…

마 in 화산

FANTASTIC ORIENTAL HEROES

용훈 新무협 판타지 소설

무림공적, 천살마군 염세악!
검신 한호에게 잡혀 화산에 갇힌 지 백 년.

와신상담… 절치부심… 복수무한…

세월은 이 모든 것을 잊게 하고
세상마저 그를 잊게 만들었다.
하지만.

"허면 어르신 함자가 어찌 되시는지……"
우연한 만남, 자신도 모르게 튀어나온 원수의 이름.
"그게… 한, 한호일세."

허무함의 끝에서 예기치 않게 꼬인 행로.
화산파 안[in]의 절세마인, 염세악의 선택!

Book Publishing CHUNGEORAM

유행이 아닌 자유추구~
WWW.chungeoram.com

수선경

작은 샘이 바다로 모여들 듯,
만류의 법이 하나로 회귀하듯,
다섯 개의 동경이 드디어 하나로 모인다.

검을 만드는 사람과
검을 쓰는 사람,
그리고 검을 버리는 사람의 이야기!

천명을 타고 태어난 청풍과 강검산
그리고 혈로를 걸어온 살수 타유,
그들이 다섯 줄기의 피의 숙명과 마주한다.

Book Publishing CHUNGEORAM

유행이 아닌 자유추구 -
WWW.chungeoram.com

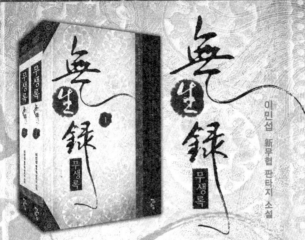

이민섭 新무협 판타지 소설

죽지 못하는 자는 살지 못하는 것과 같다.
그래서 그는 스스로를 무생(無生)이라 부른다.

은퇴한 기인들의 마을, 득도촌
그곳에서 가장 기이한 자는…
은거기인들마저 놀라게 하는 한 명의 청년

"그 무엇도 궁금해하지 말 것!"

부엌칼로 태산을 가르고,
곡괭이질로 산을 뚫는 자, 무생!

흘러 들어온 남궁가의 인연으로,
죽지 못해서 살아온 그가
이제 죽기 위해 무림으로 나선다.

살지 못한 자가 비로소 살게 되었을 때
천하가 오롯이 그의 것이 되리라!

Book Publishing CHUNGEORAM
WWW.chungeoram.com

FUSION FANTASTIC STORY
천성민 장편 소설

짐승의 규칙

『무결도왕』 『다크로드 블리츠』
천성민 작가의 신간!

『짐승의 규칙』

살아야만 했다.
나를 위해 희생당한 부모님을 위해.
복수를 위해.

죽여야만 했다.
내가 살기 위해 타인의 목숨을.

그렇게……
나는 짐승이 되었다.

Book Publishing CHUNGEORAM

FANTASY FRONTIER SPIRIT

이충민 판타지 장편 소설

Mighty Warrior 영웅병사

복수를 다짐한 소년 병사.
붉은 제국을 향해 깃발을 세운다.

영웅병사

평온한 유년 시절을 보내던 비첼.
어느 날, 붉은 제국의 깃발 아래에 사랑하는 가족을 빼앗기고 만다.

"도끼 … 도끼라면 다룰 줄 압니다."

병사가 되고자 참가한 전쟁에서 소년은 점점 영웅이 되어 간다!

쓰러져가는 아버지의 등을 억하며,
아직 어린 소년으로서 도끼를 들고 붉은 제국과 싸우 위해 일어선다.

제국과의 전쟁에 스스로 뛰어든 소년,
병사, 비첼 악센트.
이것이 영웅 탄생의 시작이다!

Book Publishing CHUNGEORAM

WWW.chungeoram.com